目击一只鸟的消失

风 丫 著

浙江工商大学出版社
ZHEJIANG GONGSHANG UNIVERSITY PRESS
·杭州·

图书在版编目(CIP)数据

目击一只鸟的消失 ／ 风丫著. — 杭州 ：浙江工商
大学出版社，2023.5
ISBN 978-7-5178-5441-8

Ⅰ．①目… Ⅱ．①风… Ⅲ．①散文集－中国－当代
Ⅳ．①I267

中国国家版本馆CIP数据核字(2023)第060745号

目击一只鸟的消失
MUJI YIZHI NIAO DE XIAOSHI
风　丫　著

责任编辑	唐　红	
责任校对	张春琴	
封面设计	朱嘉怡	
责任印制	包建辉	
出版发行	浙江工商大学出版社	
	（杭州市教工路198号　邮政编码310012）	
	（E-mail：zjgsupress@163.com）	
	（网址：http://www.zjgsupress.com）	
	电话：0571-88904980，88831806（传真）	
排　　版	杭州彩地电脑图文有限公司	
印　　刷	杭州高腾印务有限公司	
开　　本	880 mm × 1230 mm　1/32	
印　　张	8	
字　　数	165千	
版印次	2023年5月第1版　2023年5月第1次印刷	
书　　号	ISBN 978-7-5178-5441-8	
定　　价	56.00元	

序

山间风清

王祥夫

　　最早接触风丫是喝她亲酿的杨梅酒，酒的颜色至今还历历在心，比葡萄酒要浅，比果子露又要深一些，是在富春江边山上的一个亭子里。五六个朋友围坐在一起畅饮甚欢，一时四面风来，真是好酒好风！由于是在山间，感觉那风都好像被染上了颜色，无端端觉得是浅绿。再一次，是隔了几年我又去杭州，富阳的文友们用车载了我去富阳山里，去看一处山间的小土楼。乡下的那种土坯楼，敦实好看，简直可以入画。楼后还有屋，那屋当是厨间，想必灶上可以烧山间鲜嫩的竹笋或自家做的腊味；小楼前有空地，可以种各种植物；小楼之西有山溪一条，以手试之，其水清冽。风丫告诉我，她要把这小楼租下来。我当时一惊，认为诗人立波和她是断然不会住这里的，后来才知道风丫的意思是要将这屋租下来，让朋友们经常来这山间风清的地方谈谈文学。只这两件事，风丫在我心里已是诗人。

读风丫的这本散文集，我想到了黑塞的《园圃之乐》，尤其是前面的几篇，写鸭子、豆子和瓜类的文章，其气也清，其心也清，即使如《南瓜头的前世今生》这样的文章也写得特别清爽。写散文最怕议论，风丫的散文中也有议论，但其议论却是"木末芙蓉花，山中发红萼，涧户寂无人，纷纷开且落"的寂然无心。风丫的诗人气质在她的散文里有特别强烈的呈现，时下被庸常化的哲理和对社会问题的闲言碎语在她这里几乎没一点点影子，这是我最最喜欢的地方。风丫的散文里取代哲理或社会问题的东西往往是温暖的人情，《龙井也是茶》这篇散文读来特别让人心动，读后的感觉是伤感还是温馨倒不太好说了，即使读后的感觉是难受，也是极美的，因为现在许多人已经麻木到不会难受。风丫的这一类文章气脉来得特别纯正，这也许来自一个人的天性禀赋，不是后天可以学习或用文字能表演的。这一点，对一个写文章的人来说特别重要。看文章其实就是在看一个人，在读一个人。风丫写文章，有一种得自天性的东西，比如题为《秋天》的这一篇，"在朋友的一封信里，得知秋天来了"，只这一句开头，便让我想起知堂老人的一句诗"抬头忽见腊月七"，出语虽怪，却大有意思，这种"怪"，往往出自天性。有些人的文章好看其实不是文章好看，是其天性好看，一如张爱玲著名的那一句"我们中国本来是补丁的国家，连天都是女娲补过的"，出语便让人猛然一惊。

风丫的散文大多有农耕的背景，所以对乡土的眷恋像是来得比别人浓厚。虽然就题目而言，《目击一只鸟的消失》是那样像一首现代派诗歌，但它依然是一篇怀旧的乡村故事的续篇，有那么点乡村灵异，又有那么点莫名之凄然，说不清，也不必说清，但人们不难明白作者对其祖母磐石之重的情感。在这本集子里，我特别喜欢的竟是《冬日里的豆腐》。在这篇讲豆腐的文字里，祖母依然是无处不在的主角。在这个世界上，亲情是无法分开的，即使我们的亲人已经飘然去了另一个世界，在晚上，梦境就是亲人们聚首的圣地。比如我自己，我的母亲虽然离我已五年之久，但她其实时时刻刻都与我在一起，到了晚上，梦里母亲的言谈举止一如往昔，那感觉就好像从未分开过。所以，我每每读风丫的这类文字，心底就会泛起无边的涟漪。

风丫的散文在情绪上是柔曼的，而她文章里的隐秘结构又是有骨有架，如《落在天井里的雨》这一篇，还有其他更多的篇章，我想，如发展成小说，想必大有开阖起落之势。这也是风丫散文耐看的地方，有东西在里边。

上一次我离开富阳往杭州赶路是在晚上，满天星斗，是风丫和立波开着车一直把我送到杭州的满觉陇，其时桂花还没完全盛开。我邀请她和立波到北方来，或者就在下雪的日子里，穿上老羊皮袄，来看看被雪覆盖着的北方，但至今她和立波都没有来。我想她和立波来了，我要请她和立波喝那么一点烧刀子白酒，最好每人再来一块鲜嫩的豆腐，用开水烫了，蘸很好的酱油。

北方有北方的好，南方有南方的好。

读风丫的散文，再一次想到在山上亭子里朋友们的相聚，是山间风清。

（王祥夫，当代著名作家，第三届鲁迅文学奖得主，中国小品文学会会长，《小品文选刊》主编）

目 录

下辑　落在天井里的雨

上 辑　草木虫鱼外传

文教路上的银杏树

　　这天夜里，我的梦里燃起了大火。那些火，一团一团地向梦的深处燃烧。越烧越旺，越烧越有气势。噼里啪啦的声音越来越响，那火烧着烧着，一直烧到了天边。我紧张起来，凝神看着，原来那是一树一树金黄的叶子，黄得发红，那样耀眼，那样灿烂。我依稀看到那些建筑，学校、体育馆、高层楼房一一出现在我的眼前。

　　就这样，我醒了。我想出现在我梦里的，该是文教路，只有文教路上的那些银杏，才会这样霸气地出现在我的梦里。于是，这天早晨去上班的路上，我特意绕道去了文教路。

　　八点多的文教路竟是安静的。道路干净而整洁。宽阔的街道上少有人，偶尔有车开过，没有一点停顿的意思。我看到那么多银杏树，整齐地站立在绿化带上，一直向南延伸。金黄的银杏叶飞舞在早晨的阳光里，它们一律在初冬的冷风里微微抖动着。我想起春夏时候的这些树叶，它们从嫩绿到黛绿，经历了温和与严酷，现在已黄到极致。

我几乎是看着这些树长大的。在我的记忆里，它们还是那么柔弱。一人多高，在春天的风里，怯怯地长出几只小嫩手掌，触摸这个世界。对这个世界，它们是陌生的。两三年后的夏天，它们俨然已有了一定的资历，向道路伸出的枝丫不再抖抖索索。秋天也走进它们的生命里，那已是七八年后了，它们是那么骄傲，用自己的金黄，证明自己的存在。

我想，也许有一天，这条路也可以叫银杏路。一个城市的路名，也许用植物来命名也不错。一棵树以热闹的姿态展现在我们面前的，一般是花或果。我看到过一树一树的玉兰。在春天刚刚来临、其他花木刚刚醒来的时候，她就热闹地开了一树繁花，那是很抢眼的。象牙白的，法兰绒紫的，仿佛是一出热闹的戏。果实呢，一串串的，红彤彤黄澄澄地挂在眼前，总让人欣喜，这样的欣喜可能和欲望或经济联系起来了。银杏树让人惊艳的却是它的树叶。富春路上工商银行前有一棵银杏。每一年秋天的时候，等那棵树金黄金黄了，我总会挑一个阳光澄澈的日子，坐在对面郁达夫公园里的石凳上，看一看这棵树。这样的黄，给人明亮的灿烂的感觉。

我喜欢白果，那样银白的、小巧的一颗一颗。我记得有个冬天，好几个朋友常来我家，围坐在我家餐桌边一起说说诗歌，打打纸牌。有一次我搜罗出一些白果来，把白果放在盐水里泡一泡，用一个大牛皮纸袋装着，放到微波炉里转三分钟，听到袋子里传来沉闷的爆裂的声音，听到它们在弹跳，有一种微微的喜悦。厚实的果壳开了小小的口子，那些抹茶绿的果肉，像一朵即将绽放的花。我们把它捧在手心里，打开，软软的，温糯的，有一种清香。据说，白果吃多了会醉，我没有醉过，倒是很希望醉一回。

有人说白果树又叫公孙树，似乎说是爷爷种树，到孙辈的时候才能结果。可现在的银杏树不同，只三五年，人行道旁的银杏树就挂出果来，也许是嫁接过的原因。也不知道银杏树是否会开花。如果会，应该是细小的，或不抢眼的那种。一棵树，有一树灿烂的叶子，也就够了。

近几年，银杏树被人们捧着，很多景点也因为银杏树崭露头角。有时候走到一个公园里，或者在路上开车的时候，远远地看到金黄的一树，灿烂的、明媚的样子。有一天有个朋友说：它们仿佛是一起喊着口号变黄的，也是一起喊着口号落叶的，也真是这样。那么，银杏的美，应该是一种节奏的美，一种精神的美。每一片叶子都穷尽自己的精力，不隐瞒，不私藏，才有那样令人惊叹的灿烂。

做一棵灿烂的树，白天站在文教路上，夜晚进入人们的梦里，也是幸福的。

一行豆乘以另一行豆

　　梭罗在《瓦尔登湖》里写到了种豆，看起来他是真的种了许多豆。他说一行一行加起来，长度总有七英里了。从文章来看，除了豌豆，没有提到另外的豆类。我当然不知道他这个"业余性质"的农民还种了些什么，也许他种了，用另外的一些名字，冠以豆子的种类，也是可能的。关于名称的问题，人类与植物，本质上虽然是不同的，但因为人，植物名称也有了国界和地域之分。

　　我们这里没有白桦树，当白桦树成为诗歌或其他文学作品里重要的写作对象的时候，我们有的只是松树、枫树与瘦长的竹子，以及各类在林子边缘开垦出来的土地上所种的作物。我喜欢玉米、麦子、豆类，还有其他各种各样的作物。

我相信梭罗真的是一个"业余性质"的农民。他在同一篇文章里说，因为别人已经开始锄地了，他却还在播种，有人因此批评他；因为他没在犁沟中施肥，所以他提出应该撒些细末子的主意。事实上真是这样，作为一个真正的农民，他是不允许种子跟不上季节的。

　　按照家乡的习惯，我喜欢将还没有完全成熟的黄豆称为毛豆，那时候的豆子，可以整荚当蔬菜吃。把毛豆摘下来，折去豆荚的头尾，放入沸水里一氽，等它们熟了，再放入盐与味精，起锅后就是一盘不错的盐水毛豆，颜色碧绿，口味清新。

　　黄豆的品种之多，令人咋舌。当"拔"这个字，成为收获的一个代名词，出现在有关黄豆这种植物身上的时候，我们可以发现，从四月拔、五月拔、六月拔、七月拔、八月拔、九月拔到十月拔，这么多品种，穿越了一年的几个季节。谁都会认为，黄豆这按收获的时节来分类的七个品种，更像一首朴素的诗。

　　我知道肯定有诀窍来辨别它们的种子，也许这样的诀窍便是熟悉与亲近。但很遗憾我不能完全分辨它们。曾经做过一个试验，从七个写有名称的罐子中分别取出一粒种子，而我，只对其中二到三种种子有清楚的辨识，非常有把握，好像它们是我的熟人，我能仔细地说出它们的相貌与特征。但我的祖母，她能分清五种左右。这些小小的浑圆的种子，珍珠一样的大小，黄色的，富有肉感，放在手心里，悠悠地散发着一种光泽，让人无端地喜欢它们。

　　地松完了，用锄头挖一个一个小小的坑，前后左右的间距约有30厘米。每个坑放入三到四粒种子，覆上一层薄薄的土。

也有不盖土的，而是直接用一些草灰或泥灰覆盖的。那是豆子最好的养料，也是最廉价的养料。

豆子从发芽，到钻出泥土，一切都那样自然。有时候清晨起来，光着脚，在地垄的沟里走一回，看这些托着露珠的圆形的叶片，在早上清凉的风里，颤动着。脚上带一些细小的草叶末子，碧绿的一星一点，或是小鸡草玉白色的细小的花，却是抖不落的，纠缠在脚上。这时的心是欣喜的，这样的心情，干净而透亮如水。

等到黄豆长到约有半尺高，便开始第一次锄草。在这一次劳动里，我们必须知道一个字，也许在现有的字典里，或者说是在劳动字典里，我无法用汉语准确无误地找出这个字。它应该比"刨"深些，而比"锄"浅些。我想，确切地说，应该叫"削"，它的意思是除去地层表面的杂草，而不伤害黄豆自身的根系。劳动的时候，用一柄板锄（你知道，锄头因为用处不同，还分为柱锄等），轻轻削去那些开着蓝色小花的布条草、细长的青叶草等。

豆子在成长的过程中基本不用施肥，这是它们的可爱之处。如果你是一个很合格的农民，你可以给它们一些灰泥。但是，虫子似乎很喜欢它们，喜欢它们的嫩叶。所以这期间必须治虫，一般来说，在豆子整个生长周期中要治两次虫。在开花前，一些小小的花背的瓢虫，似乎常常围着豆子在转。这时，便到了治虫的时候。如果不用农药，用石灰也是不错的方法。

下了几天雨，豆子渐渐地吐出花蕊来。它不像蚕豆的花一样，硕大而黑心，很是招摇。每每在春天的晚上，打过了一两个春雷的时候，我祖母便会在黑暗里小声地嘀咕，今年蚕豆的收成又不好了。我终于弄清了她说这话的原因，是因为一句农谚——"蚕豆花开黑良心"。在农村里，人们总认为，良心不好的人是要被雷劈的。因此，蚕豆花也是怕雷而不能结果。这当然是一种说法，我并没有调查或验证过。但黄豆的花，确实是小小的一粒，毫不起眼。长在绿叶里，似乎就在枝节的腋下，躲藏着，隐隐约约的一点淡紫色。

这时候放屁虫来了。我因为不知道它们的学名，所以用了这个丑陋的称呼，但确实是形象的。等豆子结荚的时候，它们只要在豆荚上走一走，很耀武扬威，豆荚就永远不会长大了，就像一个小孩，生了佝偻病似的，再也不会发育。有人说这种土黄色、背上长着雀斑似的点子的虫子，会排出一种毒气，豆荚只要一接触这种气体，就没救了。

这些长到大腿高的豆子，已有些稳重了。它们的叶片已渐渐地转为黛绿。豆荚也渐渐地鼓起来了，铆足了劲。你可以看到，在一个豆荚里，相亲相爱地躺着两粒豆子，长得好的，有三粒甚至四五粒之多。那弯月形的，饱满的一枚，表面长着细小的白色的绒毛。

豆子成熟了，田地里一片金黄。有时候太阳很好，天气很干燥。走近地里，听到"叭"的一声响，短促，却有力，像是一种弹跳。我总沉浸在这样的声音里，听这样的声音此起彼伏。间或是一些蝗虫在豆丛里行走跳跃的声音，有时蝗虫也会在半空中冷不防碰到跳起的豆子，它被猛地一吓，躲进叶片里去了。

我在这里所要说的是，种子的识别，让我们真正懂得了人都是自以为是的，而作物，它是不可能被你欺骗的。

　　这里，是典型的亚热带气候，有着明显的春夏秋冬之分。我记得那一季我们要种的是四月拔。四月拔是在阴历四月里收获的，当然因为有时候气候反常，它也会延迟或提早一些日子。总的来说，这样前后的时间差是不大的。这是一种在清明前播种的豆子，我们前一年保留在罐子里的豆种，因为罐子里进了水，豆子霉烂了。于是我们向隔壁家要来了种子。

　　种到地里，一样地松土，一样地播种，一样地抛了灰泥。时间一天一天地过去了，到了豆子应该开花的时节，它们却没有开花。我们在田头一天天巴巴地望着，起先安慰自己，是因为我们确实比别人迟了两天。到后来，别人的豆子，都已经结荚了，而我们的豆子，仍无动于衷。

　　到后来才知道是我们自己种错了种子，把七月拔当成了四月拔种下了。而这些豆子，生生地让我们等了几个月，到了阴历七月，它才结出荚来。这个时候，我们才明白，植物一旦受到欺骗，它给你的，是无情的嘲笑与愚弄，无论你是从什么样的态度出发。

地　衣

　　下过四五天雨，溪里的水涨起来了。眼前流动着的溪水，白花花的，我出神地望着它。溪水从高处那块石头上跌落下来，在石潭里打个转，又流出去了。溅起的水花打湿了菖蒲碧绿的叶子，匍匐在石头上的苔藓像金丝绒一般，细密的，带着质感。雨后，阳光从树缝里钻进来，斑斑驳驳的，洒在水上、菖蒲叶上、苔藓上。

　　我站起身来，一回头，看到了旁边洼地上的一摊黑色的地衣。这些地衣掩映在车前草卵形的叶子下，看起来柔弱的样子很可爱。

　　我蹲下身来，捡起一朵，放到手心里。它像耳朵一样大，像极了新鲜的黑木耳。它仿佛是绿色的，又仿佛是黑色的。表面光滑，带着光泽。边缘处沾着几粒芝麻大小的沙粒。一阵风吹来，穿过树叶的阳光打在我手上，这朵地衣瞬间变成金色了，微微地颤动起来。

在我老家，地衣算是时令的野菜。连续下过一阵子雨后，地衣才会慢慢地显色、膨大。地面干燥的时候，谁也不知道它们在哪里。有一天，我们走过溪边、田坎、洼地，突然就看到它们，黑黑的一片，变魔术似的，从地下突然钻出来。溪边的地衣最好，很容易洗干净，田坎和洼地里的地衣，往往带着淤泥，再怎么洗，都带有泥土味。

地衣很好吃，带着蔬菜极少有的鲜香味。我猜想它应该是菌类的一种。蔬菜自身带有鲜味，菌类尤甚，其次是竹笋。如果把地衣用上好的雪里蕻和爆香的蒜末翻炒一下，再放一点笋丝和小米椒，这应该是春天餐桌上一道人见人爱的美味。

胡　葱

　　胡葱在冬天才开始长叶，这让我有些意外。不过仔细想想也对，它也确实是在初春时节才慢慢地进入我们的视野。

　　胡葱又叫野葱。我一直认为它应该有一个更富有人文气息的名字。但百度了一下，却少有其他名字。这很难得。很多植物因为地域不同，有很多别名。比如，紫地丁的别名就有十几种之多。我一直认为胡葱这个名字是舶来品。比如说胡萝卜，加上"胡"字，总有一种外番的感觉。

　　胡葱最有意思的是它的根和种子。它的根部有一个球，小手指般大小，也有像玻璃弹珠那么大的，但极少。小时候去拔胡葱，身边没有工具，好不容易找到了一棵很大的胡葱，用力一拔，断了，把根部的球落在地里了。连连叹气，似乎没把胡葱的球拔起来，是一种莫大的损失。胡葱的叶子是管状的，中间空，长得细小的是扁的，像一条厚带子。

胡葱开白色的花，开完花后，高高的、直立的茎上，慢慢地开出一个咖啡色的小圆球。圆球其实由很多小颗粒组成，小颗粒的顶端还有一条触须，看上去像一个精巧的工艺品。

胡葱炒饭特别香。和一般的炒饭一样的流程，最后，放入切好的胡葱，只翻炒几下，就可以出锅了。这样的胡葱炒饭，好几里外都能闻到味道，就像现在，我闻到了记忆里胡葱炒饭的味道。

胡葱也可以炒鸡蛋。鸡蛋打好了，加入切碎的胡葱，搅拌几下，放入油锅，胡葱瞬间就变成了深黛色，鸡蛋更黄了。讲究的人，在打蛋液的时候就加入一点红椒碎末，出锅的时候便是视觉和嗅觉的盛宴。

蕨菜，也叫郎几头

又到了雨是绿的、风也是绿的时节。每一年到了这个时候，我总会觉得周围的一切事物，都在不安地长大。有时候一不留神，日日走过的台阶边，居然冒出了一棵月见草，它已顶着花苞，仿佛是私奔的少女。昨天听说南山上已有郎几头了，我愣了好一会儿才回过神来，是的，是到郎几头上桌的时节了。

郎几头其实叫蕨菜。蕨菜为什么叫郎几头，我怎么也想不明白，不过，加上一个"头"字，似乎说明了它很嫩。比如，南瓜头、马兰头，总有一种掐尖的感觉。清明前后的郎几头从土里钻出不久，比筷子长不了多少，这时候的郎几头是最好的。它们顶着圆圆的脑袋，一门心思往上长，远看像一个个小拳头。

郎几头有青色的，也有咖啡色的，应该是两个不同的品种。咖啡色的特别糯，长得也粗壮。青色的一般瘦弱一些。

郎几头和雪菜搭配，颇有番茄和鸡蛋一样的默契。郎几头本身没有什么味道，但加入了雪菜，好像一下子就有了神韵。我觉得，除雪菜外，再放一点笋丝，或者小笋，尖尖的那种，用我一个朋友的话说，那叫偷鲜。估计是用了"偷来鲜，摸来甜"的省略句。

郎几头还能晒干。晒干后的郎几头变成极细的一根，棕褐色。我很赞成农村特有的保存食物的方法，很多蔬菜都可以晒干。比如笋干、霉干菜。我母亲更加聪明，有一年我家种的茭白卖不完，母亲把茭白煮熟了，像晒笋干似的放在太阳底下晒，村里人都来问我母亲，茭白也可以晒干？母亲的回答很玄妙。她说，我也不知道。村里人说，你不知道还晒？我母亲说，如果不晒，这些茭白就没用了。晒了，还有可能会变成茭白干。那些人想想也对，带着牵挂走了。过一段时间，母亲把茭白干拿出来炖着吃，那味道还真的挺好的。母亲成了村子里第一个晒茭白干的人，当然，村子里好像也没有人再晒茭白干，因为别人家都没有茭白。

我得感谢郎几头，不仅因为它曾是我们家桌上出现频率最高的野菜，还因为它给我的童年带来了很多乐趣和成就感。我们的童年没有大人陪伴，但我们有小伙伴。英和我常常在星期六的下午，一起挎着篮子去猫耳山上采郎几头。猫耳山不高，种着一垄一垄的茶树，像梯田。英比我利索得多，爬不上的坡她拉着我，跳不下的坎她会先跳下去，在下面坡地上张开手臂等着我。或者，她发现了一片郎几头，很密，她会大叫，快来，我留着，你来摘。八九岁时候的友谊，在这样的摘野菜的日子里，像野菜一样，随意地成长着。以至于有一天，因为核泄漏导致了盐荒的谣言遍布富阳的时候，英打电话给我，说，我家里还有十包盐，我给你拿了五包。我马上就想到了她留着一小片郎几头等着我去摘的场景。有些人，在我们的生命里，就像盐一样存在着，像盐一样朴素，但绝不卑微。

据说郎几头的根能洗出淀粉，我没有吃过，估计和葛粉差不多。我祖母每次和我上山，都会说起把郎几头的根捣碎了，然后过滤，沉淀。我一直追问是谁最先发现这个的。祖母告诉我，是老一辈传下来的。我问，老一辈是谁。祖母说，太太的太太。算算时间，也过去一二百年了。历史的传承总是这样，不知道出于哪个人，哪个地点，但总是传下来了。

马兰头

都知道马兰头好吃，但很少有见到马兰头开花的。我看到过马兰头在十一月开花，开的花模样很好。浅紫的花瓣，焦黄的花蕊，看上去娇小可爱，大的也只有一分硬币大小，像极了姬小菊。仔细一看，姬小菊的叶子和尖叶的马兰头还很相似。我怀疑它们是同一个科的，但为什么马兰头可以吃，而姬小菊只能拿来观赏？这个问题不得而知。

说起野菜，马兰头是出了名的。但在野菜里，马兰头的味道却不是最好的。春天第一波马兰头少有涩味，吃着清冽爽口。到了第二茬、第三茬，马兰头已略微老去，茎秆微红。这时的马兰头吃着，有一种涩味，到喉间，回旋了一下，再向食管出发。

马兰头的吃法和绝大多数野菜一样，最好先把鲜叶入沸水一余，只需两三分钟，便用漏勺迅速捞起，浸入早已准备好的凉水里，这时的马兰头看上去鲜绿娇柔。如果马兰头有些老了，最好揉一揉。揉马兰头时会冒出细小的泡泡，有点润滑，也许这是马兰头的汁液。有人说马兰头有清热解毒、明目止血的功效，那这些汁液，其实是最不应该揉去的。但仔细想想，凡是可以吃的野草，几乎都有这样的功效。这大约就是野草的妙处。中医讲究食疗，我认为这是非常科学的。很多病跟心理有很大的关系，比如我自己。我内心深处对药是抗拒的，是排斥的。我常怀疑我吃的药的功效，所以，一般的头疼脑热，我是不吃药的。

说起野菜的食疗药效，我想起我祖母说的一句话。那年腊月，家里刚打好年糕，母亲说给我们做荠菜炒年糕。我说，这几天胃不舒服，我少吃点。我哥也凑过来，说他也不舒服。我父亲说自己吃了年糕，胃会反酸。祖母走过来，看看灶上的年糕，说，她来包箩底（方言，意指全部承包）！我看着她，很有一副气吞山河的气势。现在回想起来，那个时候，祖母八十七八岁，却有一副好肠胃，吃什么都能消化，我们不能吃的，她都能吃。我曾问她，你怎么会有这么好的肠胃？她说，吃草吃的。我笑了，她却一本正经地继续说道，你看我们家里的猪，得过胃病吗？

我信祖母的话，她吃过的野草的品种，我是认不全的。她吃过的野草的量，也许超过我吃过的全部蔬菜的总和。为什么我们这些年轻人的胃，比不上一个八九十岁老人的呢？这是一个值得思考的问题。

马兰头镐饭是祖母的拿手好戏。我一直找不到一个合适的词，来代替"镐"这个字。从读音上理解，大约就是搅的意思。但又缺少了一些神韵。镐，应该有大量马兰头放入饭里搅拌均匀的意思。搅拌时放入大朵白花花的猪油，直到每一粒米饭上都闪耀着晶莹的光泽。出锅的时候，这样的光泽里有微微的绿意，朦胧的，似乎是流动的空气。每个人吃完一碗，忙不迭地回来加饭，这时的马兰镐饭才有自己真正的含义。沿边的饭都已结成了锅巴，用锅铲一铲，就轻松铲下一块来。有时甚至可以整个端起，像一只巨无霸的大碗。咬一口，就有一声脆响，不过，这是需要很好的牙口的。

现在，有的马兰头种在大棚里，干净，整齐，但总少了一点野趣。不知道营养成分有没有变化，但是我想，野菜更多的好还是在"野"字吧。

蒲公英

　　一直以为蒲公英只是一种会开花的野草，或者，到了种子成熟的时候，可以成为儿童的玩具。摘一朵毛茸茸的种子，轻轻一吹，白色的冠毛便四下飞散了，带着浪漫主义色彩。有一天，偶然间知道，蒲公英还是一种野菜，而且味道还很好。

　　冬天的蒲公英很不出彩，像普通的野草一样，在野外的田地里，布条子草、拉拉草，这个时候都绿着，蒲公英也在它们中间绿着，微微带一点黄褐色。

　　到了春天，布条子草开出蓝紫色的星星点点的花儿，像毯子似的盖在地面上。拉拉草倒是长高了，但到了五月份，便渐渐地枯萎了。蒲公英却绿了。这时节，用剪子或镰刀在野地里采蒲公英，洗干净了，把它切成两三段，放一点醋，一点生抽、

上辑　草木虫鱼外传

老抽，一小勺白糖，撒一撮白芝麻，淋上热油。搅拌均匀了，吃着，有一种草的清香。也可以入水一汆，切碎，再下锅翻炒。把打好的鸡蛋炒成蛋絮,再把炒好的蒲公英和蛋絮一起翻炒一下，起锅后煞是好看。仲春时节蒲公英开出了明亮的小黄花，在一条直立的纤细的茎上，有着舌状的花瓣。

据说还可以把蒲公英制成茶。秋天，采来蒲公英，洗净晒干，切成小段，可以泡茶喝。不知道蒲公英茶的味道怎么样，我想一定是淡棕色的液体，有草木的味道，但我不喜欢。

荠 菜

我在坡地上遇到一个像我一般大的人,她问我荠菜长什么样。我惊讶地大叫起来:荠菜都不认识?她被我叫得有些尴尬,小声嗫嚅道,以前没有剪过荠菜。我觉得很不可思议,我认为谁都应该认识荠菜。

我认识荠菜应该是在四五岁的时候。刚开始分不清,把其他野草当作荠菜一起剪回家去。每一次在堂屋里的八仙桌上,我祖母就着昏暗的灯光拣荠菜的样子,是我对荠菜最早的回忆。后来剪得多了,慢慢地知道了,田地里的荠菜一般贴地而生,叶片不直立,像个小小的圆盘子。偏老的荠菜是深咖啡色的,铁锈一般的颜色。这样的荠菜剪回家,充门面倒是挺好的,个把小时,就能剪满满的一篮。但是,味道不好,嚼起来有一种弹力，好像加了蜡一般。最好吃的荠菜，要从菜地里或茶叶地里剪。这样的荠菜是碧绿的，水嫩的。就连茎叶也是白里透绿的。但是剪这样的荠菜，仿佛篮子永远都不会满似的，用手轻轻一按，荠菜又回到了篮子的底部，实在是太柔嫩了。

荠菜最好的吃法是炒年糕。雪白的年糕沾上碧绿的荠菜叶子，显得那么可爱。荠菜本身有一种特殊的味道，不是马兰头的涩，也不是笋的涩，仿佛是一种鲜甜，但没有那么浓郁。

荠菜是那么多野菜里开花最早的，有人说正月荠菜赛牡丹，我不知道指的是花的哪方面，应该不会是形状。荠菜的花像米粒般大小，一簇一簇的，白里透着一点绿。每到正月尽头，走过一处田地，看到一处两处浅绿色的荠菜花，在周围草丛里面探出头来，心里就不由得惋惜——我当时怎么没找到它们。它们呢，倒是一副宠辱不惊的样子，在风里微微地摇曳着。

荠菜结的种子很有特色，浅绿的小三角形，扁扁的。顾城的诗《门前》中有这样一句："草在结它的种子，风在摇它的叶子。我们站着，不说话，就十分美好。"这里的草，我总觉得写的是荠菜。

有一次在绍兴的一个菜场里，看到有人把三五棵已经结籽的荠菜束成一小束，整齐地码着卖。非常好奇，上前一问才知道，当地立夏有习俗，立夏日用荠菜炖鸡蛋吃，说有解毒消灾的功效，这我倒是从没有听说过。

野苋菜

野苋菜为什么要长那么多刺呢？我不明白。玫瑰长刺，是因为觉得自己美好而保护自己，野苋菜也觉得自己美好吗？

野苋菜和普通的青苋菜一样，卵圆形的，叶片薄薄的，却也是一副憨厚的模样。它们一般都一丛丛地长在一起，在地头、乱坡或者溪滩上。规整的田地里是没有它们生长的处所的。那里是茄子、豇豆、辣椒、番茄的世袭之地。不知道从什么时候开始，植物生长的地方，也开始有三六九等之分了。

它们长到约有一拃长（大约 20 厘米）的时候，就可以拃了嫩头，像炒其他苋菜一样，加点蒜瓣，猛火翻转十几下，就可以出锅了。味道还真不赖。只是它真的不经火，满满一笼，一下锅，在锅里才翻了两个身，已经全瘪了。怪不得有一句俗语——

像苋菜一样瘪了，这一点和红苋菜一样。喜欢红苋菜的作家中，我认为张爱玲的喜欢是入了骨髓的。在她的笔下，这道菜是色彩丰富、性感怡人的："苋菜上市的季节，我总是捧一碗乌油油紫红夹墨绿丝的苋菜，里面一颗颗肥白的蒜瓣染成浅粉红。在天光下过街，像捧着一盆常见的不知名的西洋盆栽，小粉红花，斑斑点点暗红苔绿，相同的锯齿边大尖叶子，朱翠离披，不过这花不香，没有热乎乎的苋菜香。"张爱玲对苋菜的把握绝对是美食家级别的，用现在的话说，应该是一个非常称职的美食博主。她说："炒苋菜没蒜，简直不值一炒。"我对这话绝对赞同。有一次油下锅了，猛地发现家里没有蒜瓣，情急之下，切了点姜丝放入，起锅了一尝，总觉得不是那个味。红苋菜的颜色倒是非常可爱，我甚至觉得它可以做染料。小时候吃饭，总觉得染成粉红的饭是艺术品，细细地欣赏之后，就能多吃一碗。野苋菜不像红苋菜那样讨巧，不知道怎么回事，它颜色不好看，样子也一般。还一边长大，一边就长了刺，也不知道从什么时候开始长刺的。就像人一样，有的人起先连走路都怕打扰了别人，那样小心谨慎，后来长着长着，嗓门尖利，瘦骨嶙峋，连头发都竖起来了。

野苋菜有两个好处。一个好处是做疙瘩汤。真想不到，这种不起眼的野菜，放到疙瘩汤里，竟有很神奇的作用。有一个夏天的午后，我大约是中暑了，一直躺在竹榻上，连午饭都不想吃。我祖母对母亲说，孩子的病是真病，装不了，你得给她做点好吃的。母亲看着软麻绳一样的我，说，吃什么呢？祖母说，清淡的。母亲不再说什么。过了好久，她端来一碗疙瘩汤，只有几条面鱼漾在汤里，加了一些青绿的叶。我起初不在意，母亲舀了一口汤给我，我喝了，竟感觉到有一种鲜味。那是一种什么样的味道呢？鲜甜的，有草的清香，有着纤细的身板，能钻，直接往喉咙里钻的感觉。于是我再吃一勺，还是这种味道，倏忽一下，就起了身，三下两下，就光了碗，吃完了问，用什么做的。母亲促狭地一笑，说，野苋菜。我的脑海里马上闪出它浑身带刺，头顶长着无数种子的苍老的模样，我一个劲地说，不可能。祖母说，这东西，看来还能做一味药呢。现在想来，谁说不是呢？凡是野菜，都可入药。

野苋菜还可以做霉菜梗。一般人认为，做霉菜梗用红苋菜比较好。那是因为他们没吃过用野苋菜做的。采集野苋菜有点难，不是野苋菜少，而是它有刺。一不小心，它的刺就断在肉里了。我小时候最擅长的事，就是挑刺。每当祖母或母亲说，来，我这里有刺，我会立马去祖母的针线笸箩里拿一枚缝衣针，捉住祖母或母亲的手，紧紧地攥着刺边缘的肉，直到肉发白——这样才能看到断刺的位置。先把手上的表皮戳破了，再用针尖挑拨，实在不行用针横扫一下，断刺就出来了。其实也就那么小一粒——简直不能称作刺。被挑出刺后的祖母总说，人的身上不能有一点点小病呢，你看，这样的小东西也会让人痛。而这些小东西，大部分是野苋菜的刺。

把采到的野苋菜梗切成长约一寸的段，接着把它们放进冷水里浸泡几个小时。我母亲有一个秘诀——冷水里要放生石灰，那样腌出的苋菜梗碧绿。有一次我听到有人说要放小苏打，大概也是同样的作用。沥干水分后放入粗盐，搅拌均匀，再放入一个陶瓷缸内，缸口盖上细纱布数层或者是白棉布，用细绳扎好。过一天，揭开布，看看有没有出现白花。有白花了，再放一些粗盐，将冷水倒进去，到苋菜梗淹没为止，不用搅拌，上面再撒少许盐。大概三天左右，苋菜梗变软了，就可以食用了。

野苋菜梗的肉更像一层浆，类似于骨髓。它外皮薄，秆子细，上锅蒸熟以后，趁热一吸溜，满罐的浆汁，一股脑儿涌向喉咙口。稠密而又不黏腻，带着植物特有的香味。这东西最大的好处是下饭，如果腌得偏咸，一次吃两三碗饭是不在话下的。

很奇怪的是，一般蔬菜都要用猪油炒着才香，比如，南瓜头，比如，番薯梗，再如冬笋。这些菜，用猪油炒了，会柔软、鲜嫩。可这野苋菜梗，偏偏得用菜籽油蒸着，才是好吃的。在碗里一节一节地码好，浇上一点卤汁，再淋上金黄的菜籽油，放一点小米辣，蒸七八分钟，就可以出锅了。端出来一看，绿已不是先前那明媚动人的绿，微微地泛着一点倦色，却因菜籽油的金黄，更有成熟的香味。有时也和臭干一起蒸，我们叫双臭，或者再放上臭冬瓜，那就是三臭了。也不知道是谁发明了这么多臭的吃法。我想，那个发明的人，简直是嗜吃如命，要不然，不会冒着中毒的危险去尝试的。不过，很显然，他还是少了点品牌意识，或者说文字传播能力，像东坡先生那样多好：吃肉，有东坡肉；吃个饼，有东坡饼；还有东坡豆腐、东坡羹……在这个以吃为“天”的国度里生活着，有着别国人不能理解的吃的快乐。从滋养肉身这一点来看，我们是绝对不会亏待自己的。

紫　苏

　　这些紫苏，长在夏天的黄昏的门前。太阳已下山了，半个月亮早已挂在空中。玫红的晚霞退去了，紫苏却越发红了。这时候我无端地觉得紫苏应该是一个人，是一个老人。她一定是沉静朴实的那种，脸上深深的法令纹里、鱼尾纹里，都藏着笑。她手脚麻利，却有条有理，像一个生活的智者。

　　我小时候见过的紫苏，都是绿的，叫白紫苏。头顶长着毛毛虫一样的花序。这东西很野，长得到处都是。我见过长到快两米高的。红色的紫苏是什么时候来的？我们都不知道。有一年的初夏，端午的大水涨过以后，一些墙角旯旮里，竟长出一些浑身紫红的东西来。起初谁也不在意，谁知它们越长越大，很有要盖过夜夜红的势头。村里有见识的人说，这也是紫苏。

上辑　草木虫鱼外传

我们不信，紫苏不是绿色的吗？他说，你们不信，去摘一片叶子揉一下，闻一闻，是什么味道。我们摘下，揉了，闻了，真是紫苏的味道。后来才知道，紫苏有好多品种，常见的有绿紫苏、红紫苏，还有彩叶紫苏。红紫苏有两种，一种是全身乌紫的，还有一种叶片正面绿色，背面是红色的。彩叶紫苏几乎没有了紫苏的气质，色彩斑斓，很妖艳，大多作为观赏植物来种植，公园里，绿化带，形成色块的比较多。

　　紫苏有一个好处，就是带有一种特殊的味道。如果你不碰它，它就不会散发出味道——挺有公民意识的。小时候我常被蚊子叮，身上留下一个个又红又肿的包。我祖母常用指甲掐几下，蘸点口水揉一揉，然后去摘紫苏的嫩叶，放在掌心里揉搓，搓到叶片软了，这时紫苏变成了半透明的样子，像琉璃，还有一种清凉的味道，细细地摊开，敷到红包上。十几分钟后，红包退了，了无痕迹，真是神奇。

　　有一次我在溪滩上放羊，是深秋的时候。我看到成片成片干枯了的绿紫苏，碰一下，它们竟发出咔嚓咔嚓的声音。我想这应该会是很好的引火柴。回家拿了柴刀，砍了很大一捆，背回家放到灶下。晚上祖母用它引火做饭，饭桌上她问我母亲，你有没有觉得今天的饭菜特别香。我母亲开始没回过神来，说，没特别的。我祖母继续问，还没闻到？饭菜里有紫苏的香味。我母亲这时大概对上了祖母的暗号，低下头使劲闻了一下，大叫起来：怎么会这么香，是紫苏的香味。于是，祖母把我砍紫苏带回家的事好好地编排了一回，甚至加上了我自己都不知道的情节，比如，背着紫苏跨过踏脚石的时候差点掉到水里，路上回家的时候被好几个人追着问紫苏的用途，而我却故作神秘。我母亲很夸张地提问，应答。最终她们两人一致得出了一个结论——我是村里最聪明、最勤快的孩子。在一旁的我，听到她们的对话，快乐得简直要飞起来。现在想来，如果有下辈子，我祖母一定是一个很好的教育家。她善于抓住一切细小的事例，让孩子自我肯定。就像我，一直被她肯定着。她丝毫不吝啬"最"字的夸奖：最聪明，最乖，最勤快，最孝顺，最节约……无数褒义词加上"最"字，让我以为我是整个世界最好的孩子。尽管，那个时候，我的整个世界，或者说祖母的整个世界，其实就是我们不足两百人的小村庄，而同龄孩子呢，也就四五个而已。

　　我一直不知道紫苏还有其他什么用途。有一次黄昏时去邻居家借酱油，看到餐桌上放着一盘鸡蛋饼，里面夹杂着绿叶末子。很好奇，一问，才知道是紫苏。我马上挑起筷子，尝了几口，口味没有特别。除了紫苏气味特别，像桑叶、香椿这类做的鸡蛋糊，都有这个特性，应该是鸡蛋百搭的缘故。

　　最近听到有一个朋友说烧汪刺鱼汤时，放一点紫苏，汤鲜味美，还能去腥。我能想象那样的感觉。有一个朋友，他说他不吃河鱼，总觉得有泥土味，问清楚了才知道，他在海边长大，更喜欢海味。而我呢，很喜欢溪鱼，长在溪里的石斑、红赤桑，我很喜欢。

　　比如那天黄昏，邻居在家门前的小溪里抓了几条石斑给我，足有半根筷子那么长，身子圆滚滚的，让人不由得动了口欲。我提议把它们当夜宵。于是，十点多的时候，我摸黑在院子里撸了几片紫苏，扔进正噗噗冒泡的雪菜石斑鱼的锅内，一阵蒸腾过后，袅袅的香味就氤氲在空气里了。

那天晚上的月亮很好，我们坐在院子里，看着眼前的那一盘石斑鱼，放了一点笋片，加了一撮雪里蕻，点缀几片紫苏。鱼的肉质细腻而丰腴，有鱼的甜香，却没有一点鱼的腥味。我吃出了山间泉水的清冽。我想，那个朋友所说的海鱼，真的能和我眼前的鱼相比吗？未必。他也许并不懂得，这些鱼生长的水，可是山间的泉水，那是柳宗元笔下"皆若空游无所依"的水，还是吴均笔下"游鱼细石，直视无碍"的水。当然，我所说的溪鱼，点几片紫苏，那是灵魂。如果在海味里放入紫苏，那将会是怎样的败笔？这件事似乎不可深究。还是享受着眼前朗照的月光，桌上的奶白溪鲜汤，浅酌一杯，不远处有虫子的鸣叫，门前有紫苏，有夜夜红，有凤仙，它们都沉静地立着。我不由得感叹，人间至味，就是这样的清欢。

煮南瓜，煨南瓜

　　午后，是煮南瓜的时候。夏天的南瓜大都是扁平的，像石磨一样憨厚敦实。相比之下，秋天的南瓜长得更为讨巧。到了七八月份，我家的堂屋里，堆满了大大小小的南瓜，金黄的，青绿的，黄中带绿的。大的像脚盆，小的如汤婆子。到了八月末，堂前堆不下了，就放在楼梯上，一级一级地往上码。楼梯左右两边各一个，十八九级台阶，站在楼下往上看，确实非常壮观。挑南瓜也是个技术活，夏天的南瓜不如秋天的南瓜粉，"粉"这个字，在北方应该叫"面"。我祖母跟我说，夏天的南瓜得挑长着麻子的，就是脸上坑坑洼洼的，越凹凸不平，就越粉。我不管三七二十一，抓住一个南瓜就开始剖。把南瓜剖开的时候，会发出"呱啦"一声。这声音，很有韵味，很像夏天水田里发出的青蛙的叫声，只一声，就是一个夏天。对我来说南瓜粉不粉，并不重要。我在乎的是它有多少瓜子。剖开瓜后，拿一把铜勺，把瓜肠连带着瓜子一起刮下来。夏天的南瓜水分比较多，往往煮了一锅，等瓜熟的时候，掀开锅盖一看，只剩下小半锅了。不知道的，还以为中途被人偷走了。

明代李时珍的《本草纲目》将南瓜收入菜部，并有这样的记载："其肉厚色黄，不可生食，惟去皮瓤瀹食，味如山药。同猪肉煮食更良，亦可蜜煎。"可见，"煮"应是南瓜最早也是最基本的食用方式。我们把切好的瓜一块一块地码在锅的边缘，最重要的是，把有瓜蒂的那块瓜切得四四方方的，贴着锅边仔仔细细地码好。撒上糖精，就开始煮瓜。瓜熟了，掀开锅盖，趁着热气腾腾，装一海碗，放到碗橱里。其他的，一碗一碗地装了。然后，一手托着瓜蒂，一手端着一碗冒着热气的南瓜，前面阿婆家，左边三婶家，里弄五爷爷家，一家一碗，最后，锅底只留下了一点南瓜汤。

清人高士奇在《北墅抱瓮录》里说，南瓜愈老愈佳，适宜用苏轼煮黄州猪肉的方法，"少水缓火，蒸令极熟，味甘腻，且极香"，意思是用小火将老南瓜蒸得烂熟，味道极其香美。这不单是为了果腹，更多的是一种生活享受，也较早地诠释了南瓜的烹饪文化。高士奇在这里说的是蒸南瓜，但蒸南瓜不如煮南瓜。煮南瓜的精妙之处在于起锅的那一刻，瓜皮吃紧了铁锅的边缘，非得用铲子用力地铲下来，放到碗里一看，有丝丝缕缕的糖浆像金线似的牵着、挂着，琥珀色的，充满了诱惑。瓜皮上有了焦屑，略微发黑，却让瓜皮有了韧性。在那样的午后，两三点钟光景，别人吃了瓜瓤，我却在瞌睡懵懂中吃他们吃剩的瓜皮，被家里人当作笑料谈论了好几年。我也乐得被他们嘲笑——竟有人把这么好吃的瓜皮丢弃了。现在想想，那时的我，很有世人皆睡唯我独醒的感觉。

我突然想起一本书，是陶方宣写的。我不知道那是一个什么样的人，听名字应该是男的。他写的这本书叫《张爱玲美食》，我感到疑惑的是，我一直以为像张爱玲这样的作家的作品，读者相对比较小众，从性别上来说，男性读者会更少一些。却不料这本书大大颠覆了我的认知。他竟还从这样一个特殊的视角——美食，研究张爱玲的生平。

例如，其中的《煨南瓜》，真让我有些动容。诚然，张爱玲对吃食是很有见地的，我觉得她更像袁枚，以一个吃货的身份对吃食评价。张爱玲在小说《牛》中这样写："鸡还没有叫，禄兴娘子就起身把灶上点了火，禄兴跟着也起了身，吃了一顿热气蓬蓬的煨南瓜，把红布缚了两只鸡的脚，倒提在手里，兴兴头头向蒋家走去。" 而他，这样评价：张爱玲的口味，和《红楼梦》中的贾母一样，喜欢一切软糯甜烂之物，煨南瓜正属此例。我想，煨和煮最大的区别应该是最后有没有汤汁。我理解的煨，是直接与火或灰接触的。小时候，煨玉米，煨年糕，是一种大型活动，耗时长，动静大。细小的，如黄豆等，是可以悄悄地进行的，把这些小小的食物放在灶下、饭桌下。我仔细地读了文中的话，结合陶方宣的想法，觉得他所说的煨南瓜，就是把南瓜放到砂锅里，慢慢焖，叫蜜汁南瓜煲。做法其实很简单,把南瓜像切蛋糕似的切开,加入一两勺蚝油腌渍二十分钟。在砂锅里放入一个切成大块的洋葱垫底,再放入一些蒜瓣,然后把切好的南瓜在砂锅里摆成花瓣状,沿砂锅边缘浇上一勺色拉油,开中火烧。十几分钟后,洋葱和南瓜自带的水分基本焖干了,再沿锅边淋点色拉油,往南瓜上淋些蜂蜜,开小火继续焖,直到微微飘来焦香,开盖,最后撒点葱花,淋点热油。砂锅底部滋滋地冒着泡,空气里满是南瓜敦厚朴实的香味,还有蜂蜜的甜香和蒜瓣洋葱略刺鼻的味道,会让饥饿的人感觉更饥饿。对于想过嘴瘾的人来说,其实是一种折磨——烫,很烫,颇有热豆腐的感觉。这时南瓜早已焖烂,瓜皮已脱落,夹起一块南瓜,颤悠悠地送到嘴边,真担心掉落了,又担心送到嘴里烫着了。只有味觉是享受的。味觉在食物将到未到的时候,充分展现了预判的能力。预判时候的想象,其实比现实更为美好。

留下来的南瓜汤还能派个好用场。把几块瓜瓤剔到盆中,放入一些面粉,加点白糖,拌匀了,用力地按压揉搓,一遍又一遍,直到手揉酸了。最近,我看到有人用料理机和面,又快又省力,而且还很均匀。让一项漫长又费力的劳作变得这样省事,不知道是好事还是坏事。和完面后就可以上锅蒸,出笼了就是一个个黄灿灿的南瓜馒头,像是变魔术一般。记得袁枚《随园食单·点心单》里的金团:"杭州金团,凿木为桃、杏,元宝之状,和粉搦成,入木印中便成,其馅不拘荤素。"有人说袁枚的食谱大多属于编写和采集,我觉得这个点心单应该不是。当时,他就在杭州,所谓看得多了,自然也会做了。至于馅料,南瓜馒头一般不做咸料,以豆沙、枣泥居多,更没听说过南瓜馒头有荤馅。南瓜饼却有煎炸的，但那是用糯米粉做的。做法和南瓜馒头如出一辙，但馒头经过发酵，个子会长大。南瓜饼上笼蒸熟了，却不改身材模样，反而变得有光泽，亮亮的，仿佛经历了喜事的沐浴。

南瓜汤据说是一味好药，能降血糖。也有人说，吃多了，容易坏肠胃。我却觉得，好好的食物，一旦与药联系在一起，总少了点吃的快乐。我愿意为吃而吃，吃得快乐，快乐地吃，无他。

水缸里的荷花

　　我一低头，看到了水缸里有一个破碎的月亮。这个水缸很早之前就破了，一直在墙角坐着，储着半缸水，似乎从来没有浅下去，也没有满起来。有时，缸里的水是清亮的，走过去，能映出自己的脸，以及头发梢上的一点草叶。风大的时候，水皱了，我的脸也皱了。大部分时间，缸里的水是绿的，是那种浓稠的绿，仿佛搅动一下，也要颇花点力气。

　　有一天我提议，在这口缸里种荷花。父母听了，倒是很配合我。我懂他们的想法，这缸闲着也是闲着，平时也没什么用处，最大的用处，也只是仲春时节，几只青蛙一不小心掉落在缸里，然后它们起劲地鼓鸣一阵子。它们也许以为，夏天就是被它们这样呼唤来的。以至于有一天，我们突然发现，那些青蛙没有了鼓噪声。于是仔仔细细地去缸里翻动一阵子，最终什么也没有找到。就这样，青蛙是什么时候掉落的，我们不知道，什么时候跳出缸沿的，我们也不知道。它们从此以后，就销声匿迹了。

父母配合我，主要是这缸不能用来腌菜，不能储生活用水，不能存米。那就种荷花吧！父亲说，种荷花得用淤泥。他们推着二轮小车，在初春的冷风里，到沉龙潭边的五亩地，挖了上好的淤泥。那些淤泥黑得发亮，泥块上铁锹划过的切口，平整而细腻。淤泥有了，荷花的种藕却没有。我母亲对父亲说，你去买点菜，顺便买几节藕来。父亲说，会开花吗？母亲说，不试怎么知道？父亲真的巴巴地去菜场买了做菜吃的藕，他们两个人在刚刚化开冰的缸里，种下了所谓的荷花。在种荷花这件事上，我一直是一个旁观者。我像一个清醒的第三者，窥视着他们的美满。

风暖起来了，这些菜藕还真的冒出芽来了。直立的一截截铅笔头似的，很有"小荷才露尖尖角"的意味，它们羸弱的样子，很惹人怜爱。雨密集了的时候，它们圆盘似的叶子上，常滚动着水珠。这些水珠忙忙碌碌地，从这里赶到那里，又从那里回来了。忙碌有时会让事物变得灵动，人也一样。我看着它们，常常弯着腰，认真地细数着它们的滚动。不停地感叹着，真的是晶莹剔透，像水银一样闪着冷冷的光。

我们期待着有一天突然发现一支婷婷的花苞，是那种长长的花茎顶着一个大号毛笔头似的花苞，饱满的，带着无限的张力。可是，六月过去了，七月也过去了，这缸荷花（其实是荷叶）毫无动静，只管绿着，只管没心没肺地长出大圆盘般的叶子，

上辑 草木虫鱼外传

只管在夏天的晚风里向夕阳借了酒喝着。

秋天终于还是来了，荷叶终究不能再一门心思地绿下去了，渐渐地颓现出黄色来，呈现出失去水分的样子，渐渐地枯瘦起来。人老珠黄大概就是那样的感觉。我们在霜降来临之前，叹息着。秋天的风吹过后，飒飒的声音，是植物与时光的摩擦。这时，我们已不再奢望再探出一支花苞来了。有一次吃饭，我们把餐桌放到了这口缸边，父亲大约是看到了它们在秋天的晚风里摇曳的姿态，说，没用的也是有用的。母亲吃吃地笑了起来，说，这句话说不通。我起初也觉得是这样，后来有一天看到庄子说的一句话"无用之用，方为大用"，不由得感叹，真正的生活的智者，是那些布衣素食、知足常乐的人。

那天下雪，我们生了火炉。我父亲看着猩红的炭火，突发奇想地要煨一只叫花鸡。在鸡窝里随手一拎，鸡就有了。但好吃的叫花鸡要用荷叶包着才香，这大冷天去哪里找荷叶呢？我们没想到，母亲却变戏法似的从碗橱里拿出几张干枯的荷叶。她说那是她在霜降前摘了晒干放着的——是缸里的荷叶。一阵手忙脚乱之后，叫花鸡出炉了，真是奇香，荷叶与鸡肉的味道混合在一起，简直无法形容。

现在，我坐在这里，缸里的荷叶大部分被母亲折去了，只留了一些细长的高挑的秆子，一支支矗立着。月亮在水面上，偶尔被这些秆子摇曳一下，破碎了，不一会儿，又圆了。今天是七月十五，再过一会儿，就是七月十六了。黄昏时下了一场雨，我母亲说，今天下了半小时的雨。接着，她又说，还很大。去年的今天也下雨了。我们谁都知道今年夏天的雨意味着什么。

特别是对于一个每天在自己的园子里播种、施肥、拔草、搭瓜架的人来说。我也知道去年的今天对母亲来说意味着什么。或是，今天这个日子，对我们意味着什么。下过雨后的天空异常干净，我坐在这里，午夜的风有些凉了，周围零落的虫鸣声也渐渐消逝了。天空里竟有些天光，星星隐去了。我端坐着，偶而听到一两声别人家的狗的叫声，沉闷的，应该是为了一只未经它允许而出现在它面前的老鼠，或是被风吹起的一片梧桐叶。

天空里，夜航的飞机在那条固定的航线上，一架又一架飞过。它们钻出云层的声音总有些特别，很有拨开云雾见月明的味道。再看看那个月亮，它像个远亲，在离我不远的天上，注视着我。荷花缸静静地坐在我身边，我静静地坐在这个朗照的月亮下。我想，还有一些人，也一定在另一个世界里，静静的。

灯　草

　　灯草在我的眼前消逝已有很多年了，可是那天，当我和她在天凉湖边散步的时候，不经意一低头，就看到那些在风中微微抖动的灯草，讶异极了。我脱口而出：灯草！

　　她的反应很平静，倒是我，欣喜地看着它们。这些灯草正在开花。它们大多及膝高，一般只有铅笔芯那样粗细，却长得干脆利落，不蔓不枝，茎就是叶，叶就是茎。一丛丛地生在近水的地方，每一丛都有好几百枝。也许是因为以前用它来点油灯而得名。据说剥去它的墨绿的外衣，里面便是海绵状的芯，用它就可以做灯芯。而对于我，所记起的，不只是点灯的灯草。

　　我记得那是我八九岁时夏天的一个傍晚，刚洗完澡，穿上衣服后就感觉身上有一种奇特的痒，特别是背部和腰部。第二天，发现腰部有很多小水泡，发红，亮晶晶的，很痒。我用手抓，抓得不过瘾，只能把水泡挤破。抓不到的地方，只得像动物一样，在桌角上来回蹭，直到渗出血水来。却不料这些小水泡越抓越多，越抓越痒。

实在没有办法了，祖母说，盐水去百毒。于是，她泡好了盐水帮我洗。盐水钻进伤口，很痛很痛，于是我就哭了。我哭的时候，隔壁的三阿婆来了，看了很久，在我的祖母耳边说，该不会是红蛇缠（即带状疱疹）吧。祖母显然很震惊，但断然说，不会的。可是最终这些大人还是确定我得了红蛇缠。当时，这种病似乎很可怕，老人们都说，如果一个人的腰部一圈都长满了这种小水泡，那这个人的命也不长了。

我很快被带到了芳华家。她家有治疗红蛇缠的特别方法。可是，这种特别方法是无比残酷的。我被莫名其妙地绑在了一张长凳上，裸露着后背。我不知道他们要拿我怎么样，可是我看到我的小伙伴英儿睁大了眼睛站在一边看着我，她的手里还托着一片来不及吃掉的南瓜。

我只是恐惧。从祖母以及周围人的严肃里，我知道了事情的不妙。随即，我看到芳华抖抖索索地从廊下一个布袋里撮出了两三根白色的棉线似的东西，然后点亮了一盏油灯。有人在我面前倒了半碗菜油，梅芳把那白色的东西浸入了菜油中。整个过程大家都是严肃的，没有人讲一句话。只有我抱着板凳，像一只待宰的羔羊一样望着他们。只有英儿家的狗走到我的面前，用鼻子在我的嘴边嗅了一下，然后转过身去，打了一个很响的喷嚏后离开了。

接下来的事令我疯狂。我看见梅芳拿起那白线，然后伸向灯火，"哧"的一声，火燃起来了。她慢慢地靠近我，我这时明白了，他们要拿火烤我！我拼命地扭动起来。可是我的手，我的脚，都被牢牢地绑在板凳上。芳华大声叫，快按住她。我的头上、脚上便多了很多双手，钳子似的，牢牢地钳住了我。只听"嘶"的一下，"毕剥——啪"一爆，接着一阵剧烈的疼痛，从我的腰部向全身扩散。我马上闻到了一种焦味，那种皮肉烤焦的味道让我既恶心又凄凉。终于我像山洪暴发般地哭了。

这是一个多么漫长的过程啊！疼痛，孤独，恐惧，任何不利的感觉都捕获了我。我努力地抬起头向周围的人求救，可是他们将我围成一圈，把两只手弓在胸前，俯视着我。"毕剥——啪"，这样的声音在我的身体上一次又一次地响起，到后来，我渐渐地迷糊了，我以为他们是在我的身体上炒豆子。

终于完了。他们把我从板凳上解了下来。我感觉浑身绵软无力。我记得有人把我抱在怀里，我看不清是谁。但是有水滴落到我的脸庞上，有一滴滴到我大口喘气的嘴里，有点咸……

于是，从那以后我对灯草充满了恐惧。但是，现在，我却能那样坦然地面对它，我看到它们在夕阳下的晚风里，微微地颤动着。它们都在这样的傍晚，发出柔和的光。它们和其他植物一样可爱。我想，我以后再也不会害怕灯草了。

挖蚯蚓

夏天的九十点钟的主要事情，是从挖蚯蚓开始的。哪里有蚯蚓，我记得很清楚。刚干涸的阴沟，溪边的冬瓜架下，猪圈外墙根边，村里小队屋后的垃圾堆，这几个地方潮湿，土壤松沃，我扛着我的专用锄头，在太阳还没照到土壤前，就带队去挖蚯蚓。所谓带队，无非是身后跟着七八只鸭子，以及三四只不务正业的母鸡。

说来也奇怪，只要我一扛出那把锄头，鸭子们总会在我身后慢慢地围拢。这时候的鸭子，浑身还只长着细密的小黄毛，叫声也是细腻柔和的。它们摇摇摆摆地跟在我身后，让我很有当官的派头。

那几只母鸡是什么时候来的，我一点也不知情。我挖了一锄，把土往脚的方向一钩，几条蚯蚓就出现在我的面前。蚯蚓的出场方式十分特别，它们剧烈地扭动着身躯，几乎呈疯癫状，在黑色的泥土上那么抢眼。开始的时候，不谙世事的鸭子被这阵势吓坏了，不知道如何下口。不过才过一阵子，等鸭子们明白过来，这是蚯蚓们惊慌失措的样子时，画风就变了。鸭子们看着剧烈扭动的蚯蚓，争着上前吞吃，再也不畏缩了。

这些蚯蚓也真傻，如果不扭身子，不把动静搞得这么大，或许还有生还的可能。鸭子们越来越灵活，泥土被钩起的瞬间，它们早已瞅准了蚯蚓的方位。我还没有定下神来，它们早已把蚯蚓衔在嘴里了。有的蚯蚓太长，一口吞不下，留下大半条在嘴外，晃动着，扭动着，不过再怎么挣扎，也是于事无补的。这些小鸭子扭几下脖子，撑大喉咙，左右甩一下脖子，蚯蚓就被吞了下去。也有两只鸭子争一条蚯蚓的，眼看着一只鸭子啄起了一条，另一只也发现了，啄起另一头，都往自己嘴里送，到最后，两张嘴碰到一起了，呆呆地看一下对方，有点措手不及的样子，然后开始争。这时候的我，只能静静地看着它们。我很清楚，我做不了它们的法官。

鸭子们的胆子越来越大，有的甚至直接到我的锄头下面来抢食了。这时我真担心，一锄头下去，把某一只鸭子的头给锄下来了。于是，便使出了调虎离山之计。刚刚在这个地方锄一下，下一锄在两步以外的地方，鸭子们反应没这么快。母鸡倒是沉着冷静，肥硕的身子左右晃动两下，就到了锄头边。咯咯一声，马上就用尖嘴啄起蚯蚓来，毫不费力。我是不喜欢这些烦人的母鸡的，聒噪，远不及鸭子诚恳低调。但是，祖母对我说，蚯蚓是鸭子和母鸡最好的补品，就像我们人和人参的关系一样。祖母还对我说，今天这些母鸡吃了你挖的蚯蚓，明后天它们就能生出双黄蛋来。我丝毫不怀疑祖母对我说话的意图，于是放弃了对它们的偏见。

事实上，蚯蚓大概也真的有用，我的那几只鸭子吃了半个月的蚯蚓后，竟真的比别家同一窝的鸭仔要大许多。它们撅着屁股走路的样子，有些神气活现。尾巴上涂着的洋绿，这时也煞是美丽。

挖蚯蚓时最怕挖到蚂蟥，就是那种扁扁的、滑腻腻的东西。其实长得并不丑陋，但看到这东西，我总会起鸡皮疙瘩。最要命的是，它被挖出泥土时，原本扁平的身段，忽地一下，就变成了半球形，真有变色龙的风范。有人说鸭子吃到蚂蟥会死，小鸭子更不用说了。我想起在水田里拔秧时，这东西就会神不知鬼不觉地爬上小腿，吸附在小腿肚上，直到吸出血来的情形。我猜想，大概鸭子吃下蚂蟥后，蚂蟥可能也是这样吸附在鸭肠上的。于是，蚂蟥成了我心头一个大患，我总是提心吊胆的，生怕哪天鸭子出事了。不过，现在想想，也没有鸭子因此而死掉过，也许这是以讹传讹。这样真不好，给我的童年平添那么多心事。

挖蚯蚓也不光是为了喂鸡鸭，我还打着小算盘。等鸡鸭们吃饱了，把它们轰走了，我用一个香烟盒子，装几条细长的蚯蚓在里面，盖上一点泥土，跑回家里，放下锄头，拿起钓竿就到了桥洞下。

这时的桥洞下真好啊！洗衣的人们在这里喧闹了一个上午，

渐渐地散去了。外面的太阳升高了，白花花、毒辣辣的。这里却一下子安静了，只有水在潺潺地流动着。水的声音那么好听，在阴凉的空气里，拨弄着一个个清脆的音符。我坐下来，往鱼钩上穿蚯蚓。说是鱼钩，其实是一个大头针折弯了的钩子，没有所谓的倒钩。但那些鱼才不管你是用什么样的钩子，鱼傻傻的，只要放下钩子，只那么一瞬间，就上钩了。我把两只脚浸在流动的溪水里，两只手不停地重复着这样的动作，穿蚯蚓，扔鱼钩，提鱼钩，取鱼。水桶里的鱼多起来了，有仰泳在水面上的，还有张大了嘴露出个脑袋呼吸的，有的不着调地沿着桶底绕圈。它们一定不会明白，怎么游不出自己想要的姿势了呢？我笑了。若干年后想起这些鱼，想想自己，如果那些鱼还在，应该会相互嘲笑吧。

鱼的数量再多也不顶用，它们最大的也只有食指大小。拇指大小的鱼，被我称作老鱼——我认为老就是很大的意思。那时候不明白，老，还是岁月的痕迹。

这样的鱼拿回家只能炸着吃。挤出鱼肠，撒少许盐，拌匀，沥干水分，撒上面粉，把鱼裹在面粉里，放入油锅里炸。这样炸出的小鱼，一条条傻呆呆的模样，一副不经世事的样子，但外酥里嫩，有富足的香味。如果把面粉裹薄一点，再红烧一下，放点小米辣，加点生抽老抽，一尝，透鲜。

挖蚯蚓是一项劳动，却又是一项有趣的活动，让人乐此不疲。成人的世界里，如果有这样的工作，那是极好的。当然，这和一个人的心态有很大的关系。

清晨的花

　　夏天的清晨，应该去看看花。凤仙花是随处可见的，主屋的台阶下，猪圈的墙角边，大礼堂的雨篷上，随时随地，都能见到它们。它们娇嫩的茎秆是半透明的，黄绿色的，我总怀疑那是用玉石做的。有一次去云南，在导游的科普下，我知道了关于玉石的一个专业名词——水头。像水一样，半透明的，液体的感觉，固体的材质。我更坚定了凤仙花的秆是用玉石做成的这一想法。凤仙花其实并不好看，特别是夏末秋初的时候，花已开到顶梢，颓然的几朵，远看活像一个个用久了的鸡毛掸子，稀稀拉拉的几根羽毛，勉强吊在上面。所以，我不在乎它开得久不久。有人喜欢用它的花染指甲，桃花红、血牙红、玫瑰红，应该都是红色系的，我觉得有必要去查证一下，为什么有那么多女人认为红色的指甲是很美的。对我来说，凤仙只要能结种子就行。

凤仙花的种子是孩子们喜欢的。那是真正的玩具呀！轻轻地捏住果实的小柄，才一厘米来长，千万别碰着它的纺锤形的果实，只是轻轻一碰，它就炸了呀。仿佛受了很大的委屈似的，向外用力一弹，它把自己扯破了，四分五裂。奇怪的是，它包裹着果实的表皮，都已变成一条条肉嘟嘟的虫——极像米虫，只不过是隐隐的青绿色。它们蜷缩在一起，仿佛受到了极大的惊吓，而那些咖啡色的种子，都被弹远了。

取凤仙花的种子有些惊险，夜夜红的种子却因为长得很有特色而被我收藏。夏日的大太阳下，走过一丛夜夜红的身边，扑落，扑落，起初是一声两声，然后是密集的掉落声，以为是午后的阵雨。捡起几粒，看到夜夜红的种子像豌豆大小，上面布满了筋络，通身乌黑，仿佛一个微缩版的地球仪。也有人说像地雷，所以有地雷花这一个别名。我想，这东西放到火里烤，或者像圆圆豆一样炒着吃，一定是很香的。

红楼梦第四十四回"变生不测凤姐泼醋，喜出望外平儿理妆"中，平儿在王熙凤那里受了委屈，贾宝玉把她让进了怡红院安慰，帮助她换衣补妆，那段文字是这么描写的：宝玉忙走至妆台前，将一个宣窑瓷盒揭开，里面盛着一排十根玉簪花棒儿，拈了一根，递与平儿。又笑说道："这不是铅粉，这是紫茉莉花种研碎了，对上料制的。"平儿倒在掌上看时，果见"轻""白""红""香"，四样俱美；扑在面上，也容易匀净，且能润泽，不像别的粉涩滞。

这里的紫茉莉据说就是夜夜红，那么紫茉莉的花种就是我所说的"微缩版地球仪"了。我一直想不通为什么把夜夜红叫作紫茉莉。无论从花形，还是叶形来排，像我们乡下人家排辈分似的，夜夜红和茉莉花连远房亲戚都算不上。

夜夜红的花是很香的。香得很特别，很有人造香味的面面俱到，那是一种脂粉的味道。这样的浓香，总在天快擦黑的晚风里酝酿。怪不得它还有一个别名叫晚饭花。乡村的事物总是随意而略带理智的，比如，给一种花取一个名字，那么信手拈来的样子，却又能广为流传。

我知道的夜夜红有四种颜色，玫红的，玉白的，浅黄的，听人说，还有粉色的，我没见过。但总觉得玫红色应该是夜夜红这种花的嫡亲孩子，其他的也许是庶出的——没有那份笃定绽放的从容，这才发现，花，也是有气场的。晚上开花的花，花期总是短的。它太能开花了。特别是玫红的那一种，从来都不用播种，今年这里长了一丛，明年这里的附近、墙角、门白边、矮墙上，都长出来了。不用浇水，不用施肥，热烈而带着野性，到了七月的黄昏，竟蓬蓬地开起花来了。天将暗未暗的时候，风来了，裹挟着一阵阵馥郁的香味，不用寻找，就是夜夜红。它把这个黄昏的炊烟都搅乱了。

怎么说碗碗花呢?

在我的记忆里，它真不像一种花呢。有一天我哥对我说，你以后记得，打破了碗，就直接哭，什么也不用顾。我听了他说的话，有些摸不着头脑。我追着他问，我为什么要打破碗呀。我哥说，你看你把碗碗花摘来，弄破了那么多，你肯定会打破碗的。这是我对碗碗花最早的记忆。

碗碗花，很多地方也叫打碗花，它开紫色的花朵，也有白色的。花开的时候，像一个茶碗，底部略微收缩，顶上向外微微张开。很多年以后，我去买了一套茶具，泡上绿茶的那一瞬间，我才发现茶碗的形状完全是抄袭碗碗花的。

碗碗花长得高大，如果不及时修剪，它能长到两三米高，大多被当作篱笆种在田间地头，也有种在院子门口的，这样的花会夸张一些，蓬开着身子，似乎仗着有这样的身份地位，可以耀武扬威。当作篱笆的碗碗花都挺直着身子，可以供它的空间也就四五十厘米，所以它一个劲地往上长。

有一年，我去花鸟市场，远远地看到了一个棒棒糖，很欣喜地走过去打量，看到的却是很小的、一朵一朵的碗碗花。摊主告诉我一个陌生的名字——小木槿，我脱口而出：这不是碗碗花的孩子吗？摊主高声大笑起来，旁边的人也大笑起来。我没想到，我毫不犹豫地买下的小木槿竟是娇生惯养的祖宗，不到一年，这棵小木槿就干枯了。相比之下，碗碗花那样皮实，花朵又是那样的张扬而外向，我觉得我的花园里应该种上一些。

我喜欢唐朝于鹄的这首诗："巴女骑牛唱竹枝，藕丝菱叶傍江时。不愁日暮还家错，记得芭蕉出槿篱。"写得清新浅白，还告诉我们，木槿在那个时期就有了，不但有，而且还同样可以当作篱笆。这样的农家应该充满了田园气息，用木槿做篱笆，还在旁边栽种芭蕉。想必院子里一定有几只在尘土里洗浴的母鸡。不过，孟郊写过"小人槿花心，朝在夕不存"这样的句子，让我觉得，木槿着实有些委屈。大概有了这样的流传，白居易和元稹也不喜欢木槿，说它朝开暮落，无有常性。白居易说："薤叶有朝露，槿枝无宿花。"元稹马上回应："不愿为庭前红槿枝。"这倒是奠定了两个人一生的友谊，听说这两个人交情很好，但我很不认同他们的话。朝开夕落的花那么多，凭什么由木槿来背这个罪名。如果他们还在世，我愿意找上门去，为木槿正名——打一架也好。

关键是碗碗花还能吃呢！熬汤的时候,熬排骨汤、鸡汤、鸭汤,等汤快起锅了，散落十几二十瓣碗碗花瓣，花瓣更紫了，显出丰腴的身姿,颇有杨贵妃的风韵吧！汤色里多了一道妩媚的亮光,我想,单就一碗木槿花汤,也是美的。不过,我更喜欢叫它碗碗花,实在亲切，仿佛就在门前。

我的童年，我的花

　　我一直期望自己成为一个优秀的园艺师。这个念头从我懂事开始就萌发了。可是到现在，我只种了零零星星的一些花草。我记得那时我填报志愿，确确实实选择了诸暨农学院园艺专业。但是最终我收到了金华一所学校的房地产管理专业的通知书。我不知道其中有什么变故，或是分数不够，或是我的父亲把我的志愿修改了。因为我现在还记得，当时我父亲听到我想就读园艺专业以后脸上的神色。那是一个靠读书考大学迁户口的年代。

　　那时候我就对各种各样的花产生了浓厚的兴趣。只是当时出现在我的视野里的，常常只有一些十分常见的花种。鸡冠花、凤仙花、夜夜红、喇叭花等，这些都是唾手可得的。鸡冠花有

很多品种，常见的有两种，叶子是红色或绿色的，一种椭圆形，
另一种叶子稍尖。花朵慢慢长大，形状越来越像鸡冠，颜色乌
红，仿佛是一只生气的公鸡顶着的鸡冠。我常在溪滩上看到一
两棵孤独的鸡冠花，在一大片白石头中间，忧郁地站立着。鸡
冠花的花籽就藏在花冠上，在一个个浅棕色的花囊里。花囊里
面是一颗颗细小的、黑色的籽，像苋菜籽儿。这样的花籽小得
让人心疼。鸡冠花一般都长五六十厘米高，但在小队屋门口，
曾有一棵长到一米多高。这棵鸡冠花长得真吓人，快霜降的时
候，它通身都是红红的。在这棵鸡冠花上，我深切地体会到了
靡丽的意思。后来我终于想明白了，这个鸡冠花之所以能长这
么高，是因为很多人在小队屋前，在开完了大大小小的乡村会
议以后，随意留下了纪念。这些大大小小的会议主题，有关于
宇宙的，有涉及国家的，还包含子乔的鸡，以及李根家那条瘸
腿的狗。在大家热火朝天地开完会议的时候，很多男人或男孩
对着这棵鸡冠花尽情地宣泄，似乎意犹未尽。

　　喇叭花一般长在篱笆上，我一直认为篱笆是乡村的一种代
表性的事物。我一直想有一个带篱笆的院子，这个篱笆不是铁
艺的，不是水泥砖墙的，而是用水竹编成的。喇叭花开在篱笆
上，那是明媚动人的一景。我喜欢看蓝色的喇叭花，夏天的清晨，
它们伸展着自己柔软的枝条，兴致高昂地举着一个一个的小喇
叭，我认为这是一种生活的态度。蓝色的花其实并不多见。一
般的花都是红色或黄色的。野花里有一种电心草花，和这种蓝
色的喇叭花颜色如出一辙，所以，我连带着电心草的花也喜爱着。
也许喜爱也并不因为颜色。有一年，仿佛一夜之间刮起了一阵风，

孩子们的腮帮子都鼓了起来，疼，微微的痒，村里的老人说用蓝墨水涂在脸上会消肿。后来我才知道，这种病在医学上称为流行性腮腺炎，会传染。有人将电心草花摘来，捣烂了，将汁水涂在腮帮子上。大约这种花有清凉解毒的功效。因为颜色接近，有些老人以为那是蓝墨水。适合开在篱笆上的花还有铁线莲，铁线莲有很多品种，开出的花朵有一个孩子的手掌那么大，但那个时候很少见到，似乎是一个舶来的品种。

最常见的要数凤仙花，墙头地脚，甚至屋檐上都会长出几棵来。凤仙花似乎很贱，好像从来没有播种这么一说。春天来了，下过几场雨，风里带着暖意，不知道从哪一天开始，门前的空地上、墙角下，都绿了，那样密密麻麻的，宛如新播的青菜秧。我祖母那个时候就常常念叨，我种的菜就没你们这些野花长得这么齐整。我一个人在她的背后听她念叨，暗暗地喜欢。她要的是菜，我要的是花，我和她在这一点上总是矛盾的，甚至是敌对的。凤仙花的花心小巧玲珑，一根长长的托柄，花瓣轻盈单薄，常见的有粉色、白色、大红色。有一年我到外婆那里去，一直卧病在床的外婆从枕头下哆哆嗦嗦地拿出一个纸包，递给我。我打开一看，是一些咖啡色的凤仙花籽，像一种丹药。外婆说，这是双色凤仙花。从她压低了嗓门跟我说话的样子，我知道了这种凤仙花的珍贵。但我想不明白，一个足不出户的老人，是如何得到这些花籽的。据说凤仙花捣烂了，拿汁液可以涂指甲。我尝试过，却从来没有成功过。也不知道传说中的指甲花到底是不是这一种。

凤仙花有像名字一样俗气的花朵，但是有不俗的果实。那

上辑　草木虫鱼外传

是一种圆锥形的果实。这种果实的特殊之处在于它会弹跳。夏末的时候，凤仙花只剩花梢上几朵零零落落的花，最初开花的果实就已经成熟了。你小心翼翼地摘下一颗，放在手心里，轻轻一按，它就弹了起来，花籽就跳了出来。随之，果壳也卷曲了，像一条肉嘟嘟的虫子蜷缩在那里。据说，有凤仙花的地方少有蛇，于是，家家户户的门前都散落着一些凤仙花，它们自生自灭，人们也不会有意地去拔掉。我家门前的凤仙花之所以能留下来，估计也跟它能驱蛇有关。要不，能种菜的地方怎么可能留下花呢？

夜夜红最强的能力是能长在墙洞里。也有人把夜夜红叫夜来香，这种花长得很野，傍晚的时候开花，到了早晨太阳出来花就慢慢地暗淡了。中午前后，花就这样萎谢了。夜夜红会结一种像蚕豆一样大小的种子，上面布满了小网格，像一个个微小的地球仪。我第一次学到地理这门课的那一天，老师托着蓝色的地球仪走进教室，讲上面的经线和纬线时，我就差点失声笑了出来。自然界的很多事物，本就是放大版和缩小版。这里一定有我们人类不知道的秘密。夜夜红有一种特殊的香气，这种香气总让人感觉富裕，不知道为什么，总让我联想到脂粉。也许因为有一首叫《夜来香》的歌，自然地联想到了一种夜生活，有一种纸醉金迷的感觉。村子的外道上有一个乡村医院，医院建在一个山坡上，有很高的地基。地基是用石头垒成的，夏天的时候，这一堵用石头垒成的石墙上开满了夜夜红，真不知道这些生命是怎样在少有泥土和雨水的墙洞里生存的。每一次我走到医院下面，总要停下来看一看这些花儿，总要思索一下它们怎样生活。没有人播种，没有人洒水，也没有人给它们养料。生命总是一种一种的奇迹。这样的奇迹在自然界中尤为突出。

　　这些草本的花卉一直长在我记忆的角落里，它们在初夏的清晨突然绿在墙角里、院门外，不知道是谁播的种。其实，我们更知道，这些花草根本不需要人播种。第一年掉落的种子，有的被鸡鸭啄了，有的被蚂蚁搬了，更多的是和泥土一起度过那个冷冷的冬天。等雨细了，风暖了，它们就绿了。

一个荒废的午后

　　我已很久没在自己的院子里荒废一些时光了。每天，踮着脚尖，与时间较真。今天下午倒像是荒废了。那时，我一个人坐在橙子树下的阴影里，看一棵伸筋草如何开出一朵紫色的小花，然后钻进木栅栏的格子里，它像年轻人追求爱情那样决绝。然而，阳光一点点地移动，时间也一点点地走，毛地黄的叶片上，乳白的绒毛也被阳光照得发亮了。

　　在这些发亮的绒毛上，我看到了一个笑着的孩子。这个孩子只有10岁，他指着梳妆台对我说，妈妈，你的梳妆台一点都不像一个女人的梳妆台，同学的妈妈的梳妆台上摆满了瓶瓶罐罐。我看着他的眼睛，讶异起来，这么小的一个孩子，居然也会关心这些事，我想象他是怎样观察同学的妈妈的梳妆台的，也许有一次，他去同学家玩，看到了某一个梳妆台。但是他怎么会去关心这些呢？我的孩子在这个时候已经会质疑，会观察，会思考了，我不禁欣喜起来。就像前段时间他对我说，妈妈，你种的薄荷草很香，牛排摆盘的时候放一朵，真是太美妙了。

是的，我的院子里种了好几盆薄荷草。仲春来临的时候，我们猛然间发现，它长得那么高了。薄荷草种在盆子里，一个头一个头攒动着，齐齐整整的，真不亚于任何一种盆栽，它们的叶片圆圆的，略微有些厚实，但又不像多肉。这个男孩常去摘来，放在鼻子下闻。他闻薄荷草的样子真好看。伸长了脖子，闭上眼睛。我仿佛能看到春风走过他的胸前，带着甜蜜的气息，来到羽衣甘蓝的花丛里。

我已无数次想过把这些羽衣甘蓝从我的花园里拔除，可是每次下定决心，来到它们的面前，看到它们努力地成长，坚持抽出花苔的样子，心又软了。这时的甘蓝并不好看，带了一种憔悴的脸色。可是我不忍心，虽然甘蓝好看的是叶子，我却觉得开花是它的目的，于是一天一天地拖着。有一个清晨，我来到它们面前，有一个黄昏，我来到它们面前，最终我只是站一会儿，悻悻地离开了。有时候人的自私，对于植物、动物都是毁灭性的，我要拔除它，是因为我不喜欢它……

我妈妈对我说，今年我得留这些包心菜的种子。她把羽衣甘蓝叫包心菜，但是她总带着惋惜的神色对我说，包心菜苗只要两块钱一棵，这种只能看的却要八块钱。我想，寒冷的冬天，在萧瑟的颜色中，还有谁能够像羽衣甘蓝那样带着鲜艳的色彩，熬过零下七八摄氏度的低温后，依旧能灿烂地活着？也许就是这样，用力地灿烂，或者穷尽自己的所能，盛开到极致，这也是一种态度。于是我把部分甘蓝拔除了，只留下几棵，让它们开出花，让它们结出种子，然后让妈妈在今年冬天撒下种子，让它们发出芽来，长出绚烂的叶子。

葵花走失在 1986

　　那时大概九岁吧，春天的一个下午，放羊的时候，我在溪滩上发现了一丛秧苗，大约五六株，它们柔弱地缩在一棵长势茂盛的馒头草下面，莹白的茎头上一律有两片肥厚的椭圆形叶子。我在最小的那株秧苗的其中一片叶子上发现了一颗葵花子，看来它还没来得及褪下。带着这一重大发现，这天傍晚，母亲被我带到了那丛秧苗前，经过辨认，母亲说，是葵花。那个时候我还没见过葵花。母亲说，如果长得好的话，以后可能有脸盆那么大呢！

　　事实上，我一直没有真正理解母亲说的"有脸盆那么大"这句话的真正意思。那时候我还没见过向日葵，根本不知道向日葵会是一种什么样的作物，我只知道每年过年，母亲用小碗盛着瓜子分给我们的情形。如果能拥有一脸盆瓜子，那么对于我来说，这真是一笔最值得炫耀的财富。

于是我天天带着我的那些羊往这片溪滩跑。我把它们拴在那些矮树桩上，自己跑到向日葵前，为它们用石头垒起了一个地坛，又搬来了一些泥土。我注视着每一只羊的动静，只要一只羊的尾巴没规律地晃起来，我就会跑到它面前，把它牵到向日葵的跟前，任它拉尿拉屎。小黑的尿很少，我把它带到溪边，引诱着它喝水，想着它有更多的尿来浇灌这些向日葵。日子久了，这片溪滩成了光秃秃的一片，能吃的草都被羊吃完了。但是，这些向日葵长起来了。它们一律乌黑的叶子，茎秆已变成强壮有力的深绿色了。

可是，羊们却不再愿意到这里来了，溪滩上到处都是白石头了。除了这丛向日葵和那些羊不愿意吃的辣椒草，那些豆秸啊，青草啊，早已没有踪影了。就连丝草，也只剩下一个光光的茬，委屈地缩在那些乱石头中间了。我只好把羊牵到离这里较远的溪滩上吃草，看到它们边吃草边不时地拉下屎尿来，感到多么可惜。可是，我再也不能一个箭步抢到它们的面前，再把它们拉到向日葵边了。我想到了我自己，既然我不能控制它们，可是我能控制我自己啊。就这样，放学回家，伙伴们看到我一个人急匆匆地走在回家的路上，不，几乎是跑，再也不左顾右盼了。她们谁也不知道我已整整一个下午没有上厕所了。她们谁也无法体会我在向日葵下痛快淋漓的感觉，更无法体会我心满意足地看着那些肥料渗入土里的感觉。我几乎能看到一脸盆一脸盆的瓜子了。

六月初的一天，母亲来看我的向日葵。老远，她就说，长这么大啦。她像是看到了自己一年半载没见的孩子一样，那时候说这句话的母亲真漂亮。她蓝底碎花的裙子在晚风里飘动着，刚洗过澡，身上有一股廉价香皂的香味，那样浓烈，但又那样温暖而安静。

终于，我知道了什么是脸盆那么大的向日葵了。它们挤出脑袋了。六月中旬，脑袋变大了。花盘变得越来越大。每天上学前我去看它们，它们的额头上沾着露珠，稍不当心，一阵风吹来，就有露珠滚落下来，落到我昂着头的脖子里。傍晚去看，它们的脸朝另一边了，在夕阳下，在晚风里，比巴掌大的叶子在簌簌地抖动着，发出沙沙沙的声音。溪流在阳光隐去以后，声音响亮起来了，潮润起来了。

六月底，我有些迫不及待了。它们长得真有脸盆那么大了，事实上更像一面面锣鼓。我踮起脚尖看葵盘，它们居然微微低下头来任我观看。有时，风一吹，还会把身子更俯下来些，一颤一颤地。我看清了那么多瓜子密密地排列在葵盘里的模样。它们都那么相亲相爱地拥在一起，整齐而有序，没有谁去邀功请赏，也不发生口角。似乎有一个人告诉它们当中的每一个，谁该站在哪里，谁该长多高长多大。可是，我似乎又相信，没有一个人，会有这样的本领去指挥这些植物。

暑假的第一个早晨，我几乎像麻雀一样跳着来到溪滩上。我打算在这个早晨收获我的第一棵向日葵，它是第一个开花的向日葵，我已悄悄地掰下其中一粒瓜子，放到嘴里尝过了。它的壳上有几条白纹，果实矮胖，基本呈三角形，里面的果肉却特别饱满有力。除了稍微有些潮湿，其他一切都和我以往偷吃的生瓜子毫无差别。

我远远地看到几杆向日葵在晨风中轻轻摇晃，我想象它们沉甸甸的模样。慢慢地走近，发现它们变得那样轻盈，渐渐地感觉到异常。跑近一看，向日葵不见了。我在葵花杆上看到了锋利的被人砍过的痕迹，我顿时明白了，那些我珍爱的向日葵，已被别人占为己有了。我想象那锣鼓大的葵盘落地时的情景，一定发出了巨大的响声。在这个清晨，那锣鼓清脆的响声一定惊醒了树上的鸟儿、水里的鱼以及其他一切沉睡着的动物。

我"哇"的一声哭着狂奔起来，回到家里，正在做早餐的母亲还没听完我的讲述，便激动地跑到小队屋门前破口大骂。正聚在一起吃早饭的人们一头雾水，谁也没看到过我一向温和的母亲那样发狂的样子，我也惊呆了，忘记了哭泣，只看着母亲憋着脸叫喊着，一个安静的乡村的清晨被喧闹彻底打破了。我不敢再哭，扯着母亲的衣角想要回家。

我最终没有找到那几个向日葵。当天下午，我跑遍了整个村子，连猪圈也没有放过，可是，没有一点向日葵的踪迹。那几天，我每天晚上做梦，梦到整片整片的向日葵，盛开在六七月的田园里。

植物的情绪

　　周老师到茶室的时候，我正在修剪兰花的一朵残花。他刚放下手里的电脑包，就看到我放在窗边的那盆兰花。他仔细地端详了一会儿，说，这盆兰养得真好。我给他沏好了茶，我说，这花是我捡来的。他说，难怪这么有生命力。我说，难道捡来的花特别有生命力吗？

　　他笑了笑坐下来，说，是的，植物也是有情绪的。我听了感觉很奇怪。我一直觉得人或者其他动物有情绪，但没听说过植物也是有情绪的。周老师说，如果你把一盆含羞草从离地面十厘米的地方让它掉落，它会猛地收拢自己的叶片。你把它拿起来，继续让它掉落，它还会收起自己的叶片。但是，如果你一直这样周而复始，含羞草就会慢慢地改变它的反应，不知道从哪一次开始，它已经不愿意再收拢叶片了，仿佛它已经知道你是逗它玩的，它并不存在危险，所以它不再需要收拢叶片来保护自己。

我觉得非常新奇，周老师继续说，如果把这种游戏中断几个小时，然后继续做，含羞草还会和第一次一样，从猛烈收拢到轻微变化。

我说，所以你说这兰花长得好，是因为它曾经没有得到好的滋养？周老师说，因为这盆兰花之前没有受到好的待遇，所以它濒临死亡。那时候它很无助，它也想要活下去，但是，它没有活下去的能量。当你把它捡回来，给它施肥，给它浇水，你给了它能量，它就能活下去。人们往往忽略植物的情绪，以为植物没有情绪。但是，你知道吗？一棵牵牛花在爬藤的时候，你在离它卷须十几厘米外的地方，放一根小棍子或其他可以攀附的材料，它就会向着这些东西爬过去。但是你如果逗逗它，在它即将攀附到的时候，又把小棍子换到另一个方向，一次两次它可能会任你摆布，但次数多了，它也是有情绪的，就不会再被人为地诱导，它会坚持自己要去的方向。

我不禁想起我母亲常常说的话，隆冬的时候，我要盘我的铁线莲，母亲总是数落我：你看你又把方向盘反了，它会很难受。我总是不以为然地说，从没听说过植物也会难受。母亲则有些愤愤然，总是给我一个决绝的背影和一句话：你不是它，你怎么知道它不难受？很有"子非鱼，焉知鱼之乐"的味道。

原来植物也是有情绪的，你对它的付出，它其实是懂得的。虽然从表象来看，你施肥浇水好，它开花结果好，但从再深一点的层次来看，植物的开花结果，其实也是情绪的体现。怪不得，小时候和哪个小朋友闹矛盾了，就跑到她家的南瓜垄边，指着一个个乒乓球大小的南瓜，愤愤地说一些类似"从此绝交""××是小狗"这样的话。过不了几天，的确有几个小南瓜萎谢了，明明记得前几天这些小南瓜头顶着一朵硕大的明黄色的花啊！

　　不但南瓜是这样，蚕豆花也这样。小时候每到清明时节，雷声隆隆地响起来的时候，我从梦中醒来，就听到祖母喃喃低语，今年的蚕豆又没有收成了。起初我不明白，打雷和蚕豆的收成有什么联系。"蚕豆花开黑良心。"祖母有一次带我去给蚕豆除草的时候这样说。我凑近一看，它的花心，真是黑的，真是黑良心呢！良心黑的人怕打雷，蚕豆也怕呢！她对准一棵拉拉草，用锄头一钩一提，草从豆苗中出来了。风吹过刚被除过草的豆苗，它们一律翻过叶背，灰白的一片，现在想来，那应该是它们喜悦的样子。

草，药

　　各种各样的草在我的记忆中疯长，回忆是柔和的五月，温暖，湿润。它们的颜色株形各异，花朵也各个不同。但是我对它们的热爱都是一样的，宛如我珍爱我的每一个朋友。在寻常的日子里，我慢慢地得知了一些看起来非常普通的草木，却能够治疗各种各样的病。这对我来说，无异于一种天大的发现，这个时候的欣喜比我小时候考试得一百分还多很多。

　　我家屋后有一堵高高的石墙，墙缝里长着很多羽状的草。这些草似乎从不枯萎，一丛一丛的，日复一日，年复一年地生长在那里。它们颜色碧绿，茎秆纤细微红。有一次我从小溪里抓鱼回来，看到成昆婶婶正在用剪刀剪下这些草，我很奇怪，问她这个草有什么作用。成昆婶婶看看我，说，这是凤尾草。

我问，凤尾草有什么用。她说，将凤尾草和接骨草一起捣烂，能治伤筋。我听了，瞬间就对这些之前在我眼里一文不值的草有了怜爱之心。我尾随着成昆婶婶去了一片水边的竹园，在那里我认识了接骨草。那是一种藤类植物，有长长的茎，七八厘米就会长成一节，节上就会长出一片圆叶子，像一枚残缺的硬币。叶子上坑洼不平。成昆婶婶回到家里把这两种草混在一起，找到了一个小石臼，用一个木锤子捣烂，敷到自己受伤的脚上。那时我对植物有了一种新的认识。

能治伤筋的还有一个药方，将黄山子和青松针一起捣烂，加入烈酒，放入面粉调成糊状，糊在痛处，然后用纱布包扎。我为我的祖母就这样包扎过，祖母在第三天拆下纱布的时候，一边揉着脚背一边对我竖着大拇指，说，原来你是个郎中！那个时候我大约十一岁，我也不知道从哪里听到的这个方子，其实我更多的是想做一种尝试，恰恰我的祖母愿意让我尝试。患者要感激医生治好了病，从另一个角度来说，医生也应该感谢患者给了自己实现价值的机会，正像老师应该感谢学生一样。我知道那是祖母对我的安慰，或是鼓励，因为她脚上的乌青越发明显，变成了乌紫的一块。但我的祖母说，那是快要痊愈的表现。黄山子其实就是野生的栀子花的果实，它长得很有特色，纺锤形，上面却有三四条边，一般都不大，模样有些像糖罐子，只是比糖罐子光滑，经过霜以后，由原来的黄色慢慢地变成了金红色。

有一年我母亲每天上山采黄山子，她背一个很大的帆布包，每一次回来，包都沉甸甸的，她的头上沾着草叶，脸上有被汗水浸泡过的痕迹。每次回到家，她都把这些黄山子晾在一个竹匾里，到了晚上，她在这个竹匾边像欣赏自己的财产一样细细地查看。后来有一天，放学回家的时候，我发现这些黄山子没有了。我问我的祖母，她告诉我，卖了。我惊讶地问，卖给谁了？祖母说卖给药店的人了。这句话一直在我的脑海里徘徊。年少的我当然不知道那个时候母亲是费尽心思赚钱，她甚至没有把上山采黄山子的事告诉村里的任何一个人，其实我家那个时候捉襟见肘，真是快揭不开锅了。

　　与黄三子活血化瘀有同样功效的是犁头草。它可以解毒，犁头草贴地而生，一般丛生，五六棵七八棵长在一起，这样一起大约能长到盘子般大小，它们开出深紫色小花。犁头草在土坡上长得很多，也有长在田埂上的，我喜欢它的叶形及花色。我认为将一丛犁头草种在花盆里，当作盆景也是不错的选择。有一年我的手上无缘无故地长出了一个小包，又红又肿，尖顶上还有一点脓，阿根婆婆看到我的脓包，对我祖母说，去找些犁头草来，敷一敷就好了。祖母当下就带我去找了，回来按阿根婆婆说的方法，把犁头草捣烂了敷到我的手上，我闻到了一种香味，是一种野草特有的清香，让人感觉悠远宁静。我顿时感觉手上凉凉的，焦躁的我安静了许多。这大约就是植物给予人类的馈赠。第二天下午，我偷偷地把纱布取下，捣烂的犁头草也变成了暗黑色，结成了一个圆弧状的硬块。脓包已不再红肿，也没有那种紧绷的感觉了。

　　白毛夏枯草可以内服。据说这是一种寒性的草药。夏枯草的名字和实际很相符，一身细白的绒毛，茎上叶子上都有，远看像覆了一层严霜，一副冷冷的样子。植物是不是和人类一样，也有自己的脾气性格，也有自己的面相？它开粉白色的小花，微微地带一点若有若无的紫色，有时候感觉像蒙了一层雾气，像十一月早晨的冷。所以，一般是不允许给没有生育过的女性服用的。但是对咽喉肿痛、咳嗽不止之症却有很好的效果。我以为中草药里的寒性是一种毒性，我们的文化里有以毒攻毒这一个说法，也许中草药含有毒性也是正常的。不知道它为什么叫夏枯草，从名字上分析，似乎应该是在夏天的时候枯萎了。我小时候一直纠结这个问题，很多次跑到土坡上，发现一丛夏枯草，便做好记号。来年春夏之交，我再去寻找，可那些草不见了。枯萎了该有痕迹，但我一直也没有找到。真有一种生不见草，死不见尸的感觉。后来我上网查，可我在百度上查到的夏枯草根本不是我们村里人所说的夏枯草，这让我疑虑重重。

　　我对垂盆草又爱又怕。这样的心情没有经历过的人也许永远无法体会。垂盆草属于多肉植物。可能因为会垂挂而出名。一条细细的茎，加上一些泰国米一样大小的厚叶子，模样很讨人喜欢，夏季开明黄色的小花。长在野外的垂盆草会匍匐在地上，也有长在墙缝石头间的。我曾经在花店里看到一棵多肉，叶子比垂盆草厚实，色泽深绿，其他部分很像垂盆草，问了才知道叫"情人的眼泪"。我深深地佩服这个取名字的人，这棵多肉单个叶片和整串的形状，都像眼泪，而且，连颜色都让我感到了忧伤。小时候我生病了，我母亲去求了偏方，据说要喝垂盆草和红枣炖的汤，当水喝。我喝了足足两个月。现在每当看到垂盆草，我就想到一碗一碗青绿色的汤，心头总有一种轻微的哀伤的感觉。那隐隐的红枣味，一直在空气中，以至于我看到有红枣做的糕点，都敬而远之。

今年夏天，我近距离地接触了几个肿瘤患者，试图探寻解开肿瘤的密码。我意外地发现，可以通过植物来减轻患病程度或治愈疾病，我忽然就明白了，植物的存在都有它的理由和意义，我们人类，对于它们懂得太少。

檫 树

我一抬头，就看到对面山上的檫树，像一盏盏明黄的灯一样亮着。周围的大约是些松树，黑沉沉的叶子，都还在沉睡。在这么多沉睡的树中间，猛地有这样一撮明亮，像是一个先醒过来的人，点亮了清晨的灯。我不由得欣喜起来。

其中有一棵，长在山腰的峭壁处，看上去特别显眼。它的树冠有飘逸的姿态。刚下过雨，雾气往上蒸腾着，丝丝缕缕的，让人产生幻觉。我突然觉得，很多时候，我们总是没有心情去聆听，去打量这些生命。在山水之间，在这些植物之间，我们想要的，我们为之迷茫的，其实它们都能给予我们。

几年前我注意到这种树，是在鹿山的北面。我从江边步行回家，在等红绿灯的间隙，一扭头，就看到了这些树。它们在初春的阳光里，竟黄得有些耀眼。我惊讶地看着这些树，在红绿灯口痴痴地站了很久。回到家里，我说，那山上满山都是黄叶子的树，我从来没有看到过有这么美的叶子的树。你确定那些是叶子吗？一个声音从厨房里悠悠地传过来，伴随着锅与铲碰撞的声音。我一下怔住了。是啊，那些明黄，是花还是叶子？我第一次质疑自己。有些事物就是这样，在不经意间，突然走进了自己的生活，而在以前很长的一段时间里却总以为它不存在。某个黄昏或者某个清晨，它就这样，毫无预兆地出现了。我们按照自己固有的思维，将它定性。我打开搜索引擎，不费什么力气，就找到了答案。檫树，樟科，落叶乔木，高可达35米，花小，黄色，初春开花。

不由得想起去年有一天，已是仲春了，我一个人去游玩。大约是村里的林道，路刚修好，没有人，可以开车，我在半山腰里默默前行。转过一个弯，就看到了不远处的山上有一大片檫树，在那样阴沉沉的天里，竟是成片地灿烂着。我把车开到山脚下，只走了几步，就来到一棵树下。我抬起头看它。我看着这棵树出神，树干遒劲有力，让我觉得它里面藏着巨大的力量，仿佛随时都会从树干里面抽出碧绿的枝叶来，这些枝叶，却不是柔软的，娇嫩的。远处山下的田畴里还是荒凉的，只留下一些高脚稻根，稻草凌乱地散落着。偶尔有一汪水，倒映出清明的天。

我一下子也明朗起来，就像今天一样，很多人没把心情说出来，是因为他们内心的悲悯，他们知道，朋友圈里的其他人，都需要自己去点亮，宛如这春天的檫树。

垂盆草

　　这个季节，垂盆草刚刚返绿。那天，我在一条小溪沟边，看到了它们黄绿的小脑袋，羞涩地冒出来，我却想到了东门渡。记忆里的东门渡，有那样冷的风，风似乎可以像刀子一样，割着你的肌肤，唤起你的疼痛。

　　我脑海当中还出现这样一幅画面：我站在渡轮上，看着远处江的对岸，路上有人在骑自行车，沿着江边滑动，仿佛一出皮影戏。我的母亲就站在船舷边，离我两三米远的地方，她的眼角耷拉下来，头发散乱，脸上满是愁容。她带我回家，半个小时前，我们从人民医院出来，她在我的前面一声不吭地走着。我追上去问，妈妈，我生病了吗？母亲看了我一眼，说，没事儿。我不出声，我看到了她眼睛里的哀伤。走不了两步，我又落下了，我又跑上去，又问，妈妈，我的病重吗？母亲这时没有接我的话，过了一会儿，说，快走，要赶不上轮渡了。

我什么时候开始生病的，我也不知道。只知道有一次学校开运动会，我跑完步，感觉到胸口很疼，很疼，像压着一块大石头。过了几天，晚饭的时候，我对母亲说，妈，我这里疼。母亲放下正捧在手里的碗，说，怎么疼？我说，喘不过气来。

于是，母亲带我去县城看病。那天早晨，母亲把熟睡的我叫醒，给我穿戴好一切，打开门，我看到门外黑漆漆的。母亲手里拿着一个简易的火把。我看到火光跳跃着，她的脸，苍白的。我们默默地在路上走，不时地有狗叫起来，可是我们没有发出声音，生怕惊动其他狗。

这一幕一直在我的脑海里，以至于后面的转车、看病、在医院的场景，我都不记得了。也许有时候记忆可以被刻意地删除。再接下去的记忆，是母亲每天早起，去那个叫东门渡的地方，拿两壶汤药。这些汤药装在篾丝壳的热水瓶子里，青绿，但又是浑浊的。母亲命令我每天喝完这两壶汤药，我不停地喝，有时候趁她们不注意，喝一半，到后门外倒了一半。我看到青绿的汤药，顺着碧绿的苔藓，一会儿就不见了。我又自责起来。那是多冷的天啊！有几日早晨起来，廊下屋檐上挂着亮亮的冰凌，像一把把锋利的剑一样挂下来，冷冷的。

有一天，我倒了一半的汤药，拿着空碗回到厨房，刚到灶头前，就听到母亲压低了嗓门对祖母说，我看像是垂盆草。祖母说，垂盆草西边多的是。我母亲说，家里还有红枣吗？祖母在围裙上擦了一下手，说，有，还有一个红枣包，我去拿来。母亲说，我去拔一把垂盆草试试。她们两个人刚想散开，抬起头来看到我，便都不作声了。祖母走过来，理理我额前的头发，说，走，我还有一个京枣包给你。

我继续喝那些青绿的汤药，一壶又一壶。汤药里有红枣的味道。只不过，汤药是母亲自己熬的。多年以后我问母亲，为什么能自己熬汤药？母亲说，她在药渣里发现了垂盆草。只那么细小的一根。母亲说："我去拔了草回来，你奶奶给我红枣，然后我们熬了。熬好了以后，你奶奶说，她先尝。她尝了以后我再尝。"我的脑海里顿时出现了这样一幅画面：年迈的祖母尝过从药师那里配来的汤药，再尝她们自己熬煮的。祖母尝完了，母亲接着尝。我不知道她们确认过的眼神是怎么样的，但我想的是：她们需要多大的勇气来尝试这样的汤药呀。

我的病在来年的春天渐渐好了，那时候垂盆草都绿了，屋前，田埂上，溪坎上，到处都有。可是冬天，在皑皑的白雪里，在滴水成冰的日子里，母亲到底是从哪里挖到这些草的呢？我常常问自己，以至于我在乡间的路上行走的时候，看到这些葱葱绿绿的植物，总是欣喜的。它们贴着地面，长了一大片，到了四五月份，开出明黄的花。我想着，无论哪一种植物，它们的存在，都有它们的价值。

东门渡早已不复存在，我家院子里种了很多垂盆草，今年春天来临的时候，我看到它们匍匐在地面上，或者从盆子里垂下来，开出明亮的花，在雨水里，在阳光里，仿佛把童年的东门渡的冷风给带走了。

丝瓜、冬瓜和南瓜

　　我很庆幸我还能分清这些瓜秧，它们分别是丝瓜、冬瓜、南瓜。这是一些在夏天我们常吃的菜蔬，也叫夏菜。它们被一小块一小块地码在菜园最肥沃的土地上。脚底下已沾了不少黑土，抬起脚来，沉甸甸的，索性甩掉鞋，光脚走在这泥土上。有一种没有隔膜的感觉。小时候曾生过脚气一类的病，奇痒难忍，常常狠命地去抓，仿佛直到抓出血，才算对自己有交代了。村里年长的老人说，脱掉鞋子，在地间田头多走走，就会不痒。这是所谓地气。

　　从此我就养成了光脚丫走路的习惯。

　　这个时节，是雨水多发的季节。夏天的瓜类菜蔬，总在这个时候打了秧，然后人们一棵棵地挑选，把它们移植到另外的地方去。

有一段时间，我总在想，我的祖母为什么有那么好的眼力。那么多瓜秧，刚刚长到两片叶的光景，褪下的籽壳已被蚂蚁之类的小虫搬走了，而第三片叶还没有长出来，她只要远远地瞅一眼，就知道那是什么秧。

那时候我坚信，只要瓜秧长出了第三片叶，我就能分辨出它们的类别。我也常在同龄的伙伴前显摆，指着爬在稻草绳上正在开花的丝瓜问他们这叫什么，有很多人并不知道这是丝瓜，并且不知道夏天的时候萤火虫专爱吃丝瓜的叶片。我会对他们说，这是丝瓜，是可以泡汤喝的。等它老了的时候，掏出它肚子里的籽，可以拿它刷碗，刷锅，一点也不上油。

关于萤火虫专爱吃丝瓜叶片的事实，我是专门调查和研究过的。那一年，种在园子里的两棵丝瓜，无缘无故地出现了好几个黑窟窿。祖母很气愤，这一年她的丝瓜籽被老鼠嚼了，这两棵丝瓜，是她委托我爬到对面阿粉婆家的园子里移的。她越发宝贝着，丝瓜却越发娇贵。她仔细地翻查了丝瓜的叶片，最后在叶背上找出了几粒小虫来。祖母把它们递给我，告诉我这些是萤火虫。我有些不信，我宁愿相信那些吃菜蔬的是其他小虫，而不愿相信是萤火虫这样看起来美好的昆虫。为了不使它们蒙受不白之冤，我找到了一只汽水瓶，把它们关在里面。我的本意是看看它们晚上会不会发出光来，它们到底是不是萤火虫。

事实上它们还是发光了，我承认了它们是使丝瓜致命的罪魁祸首，因此对萤火虫有了另一种轻蔑的认识。到了仲夏夜晚，便毫不犹豫地去捉一些萤火虫。在门前的道地（方言，指门口的院子）上，选一处结实平整的地方，从玻璃瓶中取出一只萤火虫，放在一只临时找来的拖鞋下，一只脚往拖鞋里一伸，用力一按，向身子后一拉，地上便拖出一条荧光来。据说这是测今年的收成用的，从这条荧光的长短，可以看出今年的稻穗长不长。这个时候，往往有乘凉的人会叫，我的拖鞋呢，我的拖鞋呢。我偷偷地笑了。

丝瓜一般都爬在绳上，比如稻草绳，不通电的电线，而冬瓜则适宜长在临水的地方。那一年夏天的洪水，我家最大的损失莫过于几个长而胖的白皮冬瓜。

种冬瓜的前一天，祖母常去房子背后的阴沟里挖泥，晾在堤上。阴沟里有一些细长的虫，形状极像蚯蚓，但个子比蚯蚓小得多。红色的，永不疲倦地翻着跟斗，所以我称它们为跟斗虫。

看起来那些泥真的比其他地方的泥要肥沃一些，因为看上去泥土是那样黑，近墨的颜色。种冬瓜要起畦，先打了基畦，再把这些精选的泥耙细，种上只长了两片叶的冬瓜。它的叶片比较小，颜色也是绿里泛了点白，看上去没有丝瓜的叶片那样乌黑。地下有一种虫，模样像极了蚕，我们叫它蚕虫。但是它比蚕胖多了，掘地的时候，翻出它来，它把身体一卷，圆溜溜的，如玻璃弹子一般，滚得很远。它们喜欢咬冬瓜秧，而且是咬断了茎。茎被咬断了，一棵冬瓜就死了，再也不会活过来了。

因为生气，我常去翻空地的泥土，把蚕虫找出来，用脚狠狠地踩。踩过以后，看它们变了形的尸体，心里渐渐地有一种悲伤。小的时候的悲伤，是有力而无形的。无法为自己找一个悲伤的理由，也不能诉说悲伤，那是郁闷的。

可喜的是除蚕虫外冬瓜再没有别的虫害，第三片叶子长出来了，然后慢慢地爬藤。瓜架早就搭起来了，一边架在瓜畦上，越过了浅窄的溪，直到路基上停靠。冬瓜开了花，毛毛糙糙地结出拳头大的冬瓜来。

到了夏天，白白胖胖的冬瓜在瓜架上躺着，我认为这是极动人的一景。它们中，也有在瓜架上探下身来的，挂在距水面一两米的高度。怕冬瓜有一天因为自身的重量而扯断了瓜藤，有很多人，用畚箕把冬瓜托起来，挂在空中。那时候我们总在瓜架下的溪潭里摸鱼，立起身来，冷不防一头撞在冬瓜上，碰了一头细白的毛，这是常有的事。

南瓜的生命力极野，它的藤蔓可以长到十几米长。它的叶片呢，大的足足有脸盆那样大吧，叶面很糙，有很清楚的叶脉走向。祖母喜欢种秋南瓜，因为夏南瓜的模样憨厚朴实得有些让人伤心。夏南瓜扁扁的，高约二十到三十厘米，长一个瓜蒂。然后，一区块一区块地把自己瓜分。秋南瓜的模样比较小巧，长的可以长到五十厘米甚至更长，或者有些长得更出色，形成了一个弧度，或是一个圆。

南瓜花开的时候，形状像一个喇叭，极大的那种，是明艳的黄色。然而，我们不敢用手指。据说，用手一指，那下面长着的一个铁弹大小的南瓜，到了第二天，就会变黄。

不知道这种说法来自哪里，可从来都不曾有过因果。也曾因为与一个同龄人闹了矛盾，而去她家的南瓜垄边，一朵花一朵花地数，数的时候带着力量用手指点，点到一处是一处。记得很清楚，那天还下着雨，我是冒着雨去做一件那时候自己认为很灵光的事的。

忘了第二天他们家的南瓜是否黄了，因为在下山的途中，我就遇到了她，她告诉我哪个地方的桑子红了。我和她的仇，似乎没过夜就消了。第二天我也就没有心思去顾及这事了。

据说南瓜能做灯。我当然没有做过，但是我想，如果有一天，用南瓜做一盏灯的话，提着，走在九月微凉的晚风里，风吹不灭烛火，多好！

立夏日的声音

看了朋友圈，才知道今天是立夏。越来越觉得，一个人脱离团队久了，会过滤掉很多信息。看上去这些信息是无用的，繁杂的，但是又是那么可爱，带着烟火气息。

早上起来的时候，感觉眼睛有点疼，我估量着，我的老毛病又犯了。最近几年，我的眼睛里常会充血。那模样怪吓人的，眼白几乎全被血填满了。自己倒无所谓，别人看了，总会大惊失色。于是，这一天，我只打算阅读，不见人，不做其他事。

我随手抽了几本书，找了一个自己中意的姿势窝在沙发上。打开书，翻了几页，就听到窗外玉兰树上响起了鸟叫声，布谷，布谷。很有节奏，吐字清晰，我放下书本，凝神听它的叫声。对于鸟，我根本分不出什么品种类别，但是这只鸟，凭猜测应该就是传说中的布谷鸟。它大约停在高处的树梢上，声音传得很远。玉兰树上新发的叶子油亮亮的，它的叫声都是绿的，在一圈圈地荡漾开去。

我再回到书里来，书是史铁生写的。我很喜欢他的文字，一个坐在轮椅上的人，写出这样厚实练达的文字，不由得让人心生欢喜。我喜欢他的《我与地坛》，我想带着一颗平静的心跟着他来到地坛，这样会比跟着旅游团队去地坛更有意义。一朵蜜蜂旋起的小雾，一对在黄昏散步的中年夫妻，一切都来得真实而又朴素。他也写到了各种声音，于是我又凝神听窗外的声音。一只青蛙不合时宜地叫了起来。我总以为，青蛙会在雨前或者傍晚来临的时候叫唤，没想到它在这时嘹亮而高亢地叫唤起来。也许附近人家有一个养鱼的池子，或者是一口小水缸。它叫得那样的无拘无束，丝毫不怕扰民。我总有那种感觉，仿佛一个人把喉咙撑得很大，从丹田里推出声音似的。就像前几天我的荷花缸里闯入的那只树疙瘩（方言，指树蛙）一样，我发现它时，它傻傻地趴在缸壁上，也不知道它在想什么。过了几天，我再想起它，去看它时，它不见了。大约是我给荷花缸加满了水，它跳出去看世界去了。

有米下锅的声音从对面人家传来。这声音那么清脆悦耳。沙——沙——沙，连续三声，该是三杯米吧。那些米从高处落下，落到电饭锅的金属内胆里，偶尔有几粒米星弹起又落下，细碎的，是一种小小的咬啮。这家有三个人吃饭吗？我想起我祖母的那个升箩。一个腰鼓一样的小竹桶，一边开口，一人半升。我家那时有五口人，每次量两升半的米，量米是我的专职工作。我祖母总夸我量米量得好——不多也不少。现在想来，我大概是中了她的圈套。从四五岁开始，到十八九岁离家学习，只要我在家，到饭点了，我就自觉地去量米了。那时候的仪式感真讲究，米放在米桶里——特意用木头箍一个半米多高直径二三十厘米的木桶。量米用升箩，淘米用米箩。木头的，竹子的，根据需要取材，真聪明。

米桶是用杉木做的吧。桶壁上有小小的虫蛀的洞。应该不是香樟木，香樟不会被虫蛀，香樟也会长得很高大。现在，有阳光穿过窗外的另一棵香樟树的叶子，撒到我面前的地毯上。风吹着，树叶在地毯上晃动起来，像是一幕电影。这种春天落叶的树，刚刚开完花，就要结出细小的黑果实。我喜欢这些细小琐碎的事物。"妈，来吃茶叶蛋。"树下响起了一个老人的声音。我打开窗，从高处偷窥正在发生的一幕。一个更老的女人，从对面楼道里走出来，来到树下。她们在石桌旁坐下了，还铺起了排场。四五个便当盒排在一起，我仔细地辨认，棕褐色的是茶叶蛋，细细长长的是长脚笋，黄绿的是罗汉豆，还有几个立夏饼，应该是富阳人愿意去排队候着的榨菜馅的吧。她们肩并肩坐在一起，立夏的阳光快要照到她们的肩上了，还有都已经花白的头发。

立夏的半天，被我在聆听这些琐碎的声音里荒废了。就像一个努力想要出名的人所说，我不费吹灰之力，就干掉了一天。

龙井也是茶

母亲生那场大病的那年我七岁，这是听人说的，我似乎还有一点印象。我哥拉着我的手走在门前的田坎上，看十一月的马兰花，捡一些遗落在田里的稻穗。有大人走过我们的身边，看我们一眼，问，你妈妈病好些了吗？我哥答，我妈妈不会死了，我们有个当医生的外婆了。

十一月的马兰花开得很好，浅紫的花瓣，娇黄的花蕊。我摘来养在玻璃瓶里，告诉父亲，送给那位那时候看来"远在天边"的杭州的"医生外婆"。父亲最终没有把我摘的马兰花送去，只是用一些米换了两包茶叶，一种叫作"滚青"的家乡最好的茶叶。

也许有些记忆是永远都无法被删除的，虽然那时候我还那样小。那晚在昏黄的灯下，父亲把两包"滚青"当宝贝似的用塑料布包起来，然后塞入那个印有"奖给优秀人民教师"字样的手提包。我清楚地记得，当时父亲流下了两行清泪。我使劲地拽住父亲的裤管，瞪大了眼睛。那时祖母在灶上炒菜，菜是让父亲捎给在杭州住院的母亲的。是白腌菜。祖母把菜起锅后又放下一勺饭，把饭在锅里贴了又贴，等饭热了给我和我哥各半碗，说，趁热吃，你们看这饭多油！

父亲又一次从医院回来时已是伸手不见五指了。现在想来，不知道他那时是怎么回到家里的，事情毕竟已过去了二十几年了。那样小的我不会想这些，我只眼巴巴地看着父亲提回来的两个袋子，我是真的希望袋子里能掏出一点给我吃的东西，譬如，一个包子，即便是冷的也无妨。

祖母迎上去看着父亲，父亲对祖母说，妈，我饿了。祖母颤颤巍巍地掏口袋，说，这个月你的工资领了，39块。我看到那些陈旧的纸币，在她瘦骨嶙峋的手里瑟缩着。很多年后，听母亲说起那时候的事，觉得是那样的恍惚，有些怀疑我的亲人是不是真的经受过这些苦难。母亲说，那时候她打一支白蛋白，要一百多块钱。一百多块，这在当时看来是怎样一个奢侈的数字！

记得当时父亲最后从包里拿出一个纸包，我看他把纸剥开，露出一块肉，是猪肉。祖母有些呆了，说，这时节买肉做什么？里面满是责怪的语气。父亲没回答，手又往包里探，拿出一个牛皮纸包。他说，妈，这些是医生给我的，是一种叫龙井的东西。我看到祖母在那里张大着嘴，呼出的一口口气在灯下看得那样

上辑 草木虫鱼外传

分明，她的话大约是被冻在了在空气里。

二十多年后的一个晚上，饭后我们一家人围坐在一起，母亲收拾完了一切，给父亲沏了一杯茶。透明的玻璃杯里，那种叫龙井的茶叶在妖娆地舒展，茶水渐绿，似乎有一种轻柔的声音传来。父亲说，那时候，我不知道龙井就是茶，而且是高档的茶，否则，我死也不会拿回来。

我们就这样坐着看父亲喝茶，喝一种叫龙井的茶。他啜饮茶水的声音，在这样安静而平和的夜晚的空气里徘徊。在茶的清香里，父亲又一次向我们讲述了当年的事。他闭上了眼睛，思绪走得很远很远。他仿佛重新走回到了二十多年前的那家医院。那时母亲已被医院出具病危通知单而且被下了逐客令，是那个被我称作外婆的医生，帮母亲在病房外的走廊里放了一张钢丝床，然后垫付医药费，送菜送饭。在父亲送了两包"滚青"表示感谢时，为了不让父亲为难，她对父亲说，你的茶叶我收下，我也送你两包龙井。

父亲说，那时我上车了，她追着跑上来，边塞给我一块肉，边对我说了这句话。那时候下着雪，很大很大。车子摇摇晃晃，她很快就消失在人流里。

那天是大年二十九，而她，仅仅是一个素昧平生的人。

香泡树

　　那棵香泡树如今连影儿都没有了。可是最近有一次和一个朋友聊天时，她说起了她的新家，说是打算在大门的两侧各种一棵香泡树。末了，补充一句，家门口最应该种的树，就是香泡树。于是，我想起我们的那棵香泡树来。

　　那到底是不是香泡树？其实很多人怀疑它不是，因为它从没长出过果实。它是哪一年长的？我也不知道。我懂事了，就知道它一直在厨房的窗前。起先像我那么高，后来，还是像我这么高。我曾经想过为什么，后来想明白了，它是像我一样长得慢。不但长得慢，还很瘦。父亲有很多次要砍了它，都被祖母制止了。别急啊，明年，明年它可能就开花了。

　　到了第二年，春天快过去了，香泡树没有开花，只往上抽了几枝嫩头。父亲又提到了砍树，祖母说，再等等啊，有些树，是会迟点开花的，就像你种下去的麦子，哪会齐刷刷地同一天发芽？父亲没有说话，放下了手中生锈的刀。

秋天都快过去了，香泡树还是没有一点动静。有一次吃饭，父亲说，这树真得砍了，长在这里，也不结一个果，没一点用处，倒不如栽棵桂花树。祖母说，也许，明年就结果了呢。父亲笑了，今年连花都不开，还会结果？祖母说，不是让你再等等吗？

就这样，等了一二十年，这棵顽固的香泡树，最后也没有长出一个果实来。每年春天，它抽了嫩头，叶片亮亮的，柔软而厚实。叶片引来了一种筷子粗的青虫，它们贪婪地附在叶片背面，日日夜夜不停地吃。祖母一有空，就到树下去捉虫。她细心地翻动一片又一片叶子，每捉住一条虫子，先是喋喋不休地骂，仿佛虫子的祖宗都与她有无尽的仇恨。然后是放到脚下，让我踩，我一脚踩上去，又在原地转一个圈，像圆规似的画个圆。有人路过，问，捉虫啊。祖母抬头说，摘几片叶子香香？她挑了几片大而肥厚的嫩叶子，放到他们的鼻尖下，问，香吗？

它的叶子的确有一种清新的香味。春夏之交的暖风，让人浑浑噩噩，摘下一两片叶子，在手心里揉一揉，放到鼻尖下，一股特殊的味道直钻到胸腔里，人就精神了。

有亲戚来我家，看到这棵树，建议嫁接。说这话的时候，这棵树已有小碗的碗口粗了。他们说这也许是一棵野生的树，既然是野生的，就不会长果实。父亲很赞同，这树确实是自己长出来的。于是，亲戚辗转从自己的亲戚家要来了一条嫁枝，托人带来，并画好了如何嫁接的图。

祖母不允许嫁接。她对拿着锯条的父亲说，接死了怎么办？现在还可以让人闻闻香，死了就成了一截木桩子，还有什么用？父亲又语塞，我们自己都不能保证自己明天好好地活着，谁又能保证一棵树的成活呢？看到父亲无语，祖母抱起撂在角落里的一捆稻草绳，蹲在树下，一圈一圈地绕，仿佛，这个，才是她的孩子。

父亲于是不再提嫁接、砍树的事了。其中有三年，我在外读书，每次假期回家，看到这棵树，它都会长得比我高出那么一点点。冬天无风的日子，祖母沿着墙根，坐在这棵树下，做一些零碎的活计。补一只袜子，或是折一些冥票。我坐在她的身边，看着她穿着北京蓝的大襟衣服，那样专注的表情，那时候的我在想，这一幕，一定会永久地存在。

画面是永久地存在了。可是，祖母走了。那年冬天，天气奇冷。似乎，说出的话，一不小心也会被冻在空气里。第二年春天，香泡树没有发芽，到了仲春，原来青绿的枝条，也渐渐地失去了光泽。人与树，最终，都已渐渐地走进了记忆，以至于有一天，像今天，回忆着，仿佛是很久很久以前的事了。

1983 年的麦垛

　　常常梦到自己坐在一个高高的麦垛上，它的形状像一个蒙古包，呈圆锥形，却远比蒙古包高大。它和另外几十个麦垛一样，静静地立在村外造纸厂前的空地上。

　　我坐在麦垛顶上，能看清从村里次第走出来的人和牲畜，也能看清从外面回村的人。他们每张脸上，都有各种神态和表情。子乔常常笑着，把两只手相互抱着放在胸前。他的胡子已有很多年没有刮了，像老玉米须一样没有光泽，但他总是笑着，似乎他的家里有吃不完的粮食和蔬菜。阿三总是一副急匆匆的样子，低着头往家里赶。他把两只手塞在裤子的两只口袋里，紧紧地贴着身体。李根家的狗也出村了。这只黄褐色的狗，带着它这一天还没来得及用完的力气，一路小跑地跑过了庙前。

我看看我的周围，密密的是清一色的麦秆，阳光穿过西山顶上的竹缝，照在这个三层楼高的麦垛上。麦秆被一小捆一小捆地码在一起，相亲相爱地躺在一起，你不挤我，我不挤你。麦秆通身浑圆，粗壮的直径不过三四毫米，小的只有一二毫米，却有着玉一样温润的光泽。在阳光里它们发出淡淡的麦香，这时候我想到了面条、馒头和面饼。倒下去睡在麦秆上，用双手枕着头，头顶的天蓝透了。如果说黑夜的黑，黑得凝固，可以用刀来割，那么，我想，这蓝天的蓝则可以酿出酒，酿出香味来。

　　这应该是1983年初夏的一个傍晚。我无法解释为什么我把这一幕深深地刻入我的记忆。二十几年过去了，该忘的都忘了，不该忘的大部分也忘了。可是这些麦垛，这些由千万，甚至亿万根麦秆堆成的垛，却更像麦子这种温暖的植物，健康而又乐观地长在我的回忆里，我的生命里。七岁的我看着麦子收割以后，双轮车、独轮车，载着堆得几人高的麦秆从四面八方向这里奔来，车夫深深地陷在麦秆里。车上的麦秆闪着光，在麦垛下被人一捆一捆沿着梯子，背着送上麦垛。整个场面热闹而又喜庆，到处是忙碌着的人。而我，却围着麦垛走，一圈又一圈，没有尽头。

　　喧闹渐渐地平息，每个人都忙完了自己的活，走了。我仰起头望望高高的麦垛，它被他们堆得那样高，已碰到天了。我吹着刚刚做好的麦哨，一步一步地攀着靠在麦垛上的梯子，每攀一步，我就吹一口麦哨。它发出了类似于一扇古老的门被打开的声音，起初扁平而后上扬，音域渐宽。每走上一步，我就能听到更多的声音，起初是广播响起的声音，有人在溪里用榔头用力地敲打衣服的声音。到了麦垛顶上的时候，我听到了鸭子回家时发出的嘎嘎的沙哑的叫声。我的麦哨的声音更响了，也更浑厚了。整个南山的山冈上，都是麦哨的响声。

我站起来，站立在高高的麦垛上，第一次看清了我的村庄。看到了黛色的小青瓦，密密地偎在人家的屋顶上。村中央的老楠树有一半的树干枯死了，焦黄一片。它的叶可以入药，村里有人喉咙肿痛了，跑到树下，用竹竿打下两三片比手掌还宽的楠树叶，回去用清水在土风炉上一煎，连喝三次，肿就消了。烟从人家房顶上冒出来了，它们有的青蓝色，有的蓝黑色。我敢断定冒出青蓝色的烟的人家，做饭烧的一定是上好的柴，是晒得脆响的青冈柴或白栎柴。冒蓝黑色烟的房子，也许是子乔家的。他是村里出了名的懒鬼，懒得连媳妇都不娶。他只会在人家的房前屋后捞一些潮湿的稻草来烧火。我找到了自己的家，它看上去安静极了，稳稳地伏在水埠前。我突然觉得，我就在家里，在我的温暖的床上。

半夜的时候，全村的人都知道我失踪了，只有我不知道。我是被冻醒的。我醒来以后发现我的头顶有一个海洋。接着听到了呼唤，那是一种在山间传递着的呼唤，带着袅袅的余音。我听清了这是我的母亲在叫我的名字，这时，我才害怕起来。我站起来，看到村里到处是火光，星星点点的。我大声回应，大声叫妈。风马上就带走了我的声音。

天快亮的时候，造纸厂的工人上班了。他们听到了我的哭声。当年二叔爬上梯子找到我的时候，他说，还好，我以为你被堆在麦垛的最底层了。

这段时间白天也会想起那些麦垛,想起这些用来造纸的原料,它们给了我童年那么多有趣的事。春天的时候,整个麦垛上残留着的麦子都发了芽,几阵雨以后,到处是麦苗,整个麦垛都绿了。

最后一只鸭子

在汽车上我看到一大群鸭子，在赶鸭人的带领下，屁颠屁颠地一路小跑在回家的路上。黑压压的一大片，根本无法估计它们有多少只。它们一律乐滋滋地向前探着脖子，惶恐又紧张地穿过公路，谁也不敢停下来和谁打一下招呼。这时候我想起了留在我记忆中的那些鸭子，它们曾经沙哑着嗓子，在秋天的暮色里，急切地呼唤我的名字。

那时候家里养得最多的要数洋鸭和水鸭。洋鸭是不太讨人喜欢的，并不是因为人们常常叫它们"洋鸭木陀"，而是因为它们整天抖着个肥硕的身子，呆呆地卧在院子里，随时随地屁股一耸，"扑"地一下，拉出一泡青绿色的屎来。有时候也高高地蹲在篱笆的杉树桩上，人们走过它的身边，它把嗓子压得成了一条缝，喀喀地咳两声，然后伸出脖子，向前抖两下，算是与你打招呼了。相比之下，水鸭比它们要结人缘。水鸭一般早出晚归，有相对灵巧的体态，虽然也哑着嗓子，但叫声比洋鸭的亮堂多了。

我家最多的时候养过十五只鸭子。全是水鸭。这十五只鸭子分别是祖母和母亲在同一个卖鸭人那里买的。因为正是买仔鸭的时候，祖母在家以每只两元的价钱买了八只，而母亲在下班的路上，也遇上了那个卖鸭人，最终她以每只一元五角的价钱买下了笼里所有的鸭子。据说这是倒担（方言，意指全部买走）的价格。母亲喜悦地捧着一纸箱鸭子走进家门，看到了破脸盆里的鸭子和趴在脸盆边兴奋的我，她以为她纸箱里的鸭子提早进了家门。当她和祖母各自数落着对方自作主张的时候，我在一边偷偷地乐着，看祖母的鸭子和母亲的鸭子彼此用小小的嘴碰碰对方，它们像是见到了亲人一样，嘴里发出小小的天真的童音，似乎在叫唤着名字。但让我失望的是，在我一个转身以后，我就分不清哪一只是母亲的鸭子，哪一只是祖母的鸭子了。但我还是失落地快乐着，由衷地喜欢着。

从那以后看鸭子就成了我放学以后的活计。那时候我认为，十五只鸭子走在村里坑洼的小路上，也算是一道浩浩荡荡的风景。云英家只有三只鸭子，李霞家有六只，可有一只是瘸腿的。水根家的鸭子算多了，有八只，但他家的鸭子不认识回家的路。每天，人家烟囱里的青蓝色的烟刚刚冒尽的时候，我就听见水根老婆——那个身材奇小，嗓子奇大的女人，沿着溪，嘴里不住地"a-lei-lei"地唱着，仿佛这是她和鸭子们的共同的语言，或是方言。我疑心她的嗓门就是唱这首叫鸭子们回家的歌而变大变粗的。村里的大人们把她叫唤鸭子的时辰当作夜晚来临的标准。贪玩的孩子被父母找到了，父母揪着孩子的耳朵，一边拖一边骂，水根老婆都叫鸭回去了，你还不回家，日夜都不晓得？水根老婆沿溪唱了一圈，鸭子从草堆里钻出来了，她随手抄起竹枝条，把鸭子赶回家去。回到家一数，多了或少了，是常有的事。

我的鸭子们却不太让我这样操心。我家门前有个水埠，在水根老婆唱鸭歌前，我的那些鸭子一般都会在那里聚集了。它们一个个伸长了脖子，彼此拥挤着。这时候我拿着大半畚箕稻谷，一把一把撒给它们。它们吃谷子的时候，发出沙沙的声音，不时地甩一下头。它们脖子上都有一圈宽约寸许的白色的毛，我常常呆呆地看着谷子从它们的嘴里进去，顺着脖子，随着它们的脖子粗起来，慢慢地落下来，到了白色的颈项那里，似乎成了一个围脖。

这些鸭子被我照管了一年多，这期间我给它们吃谷，它们下蛋给我吃。我和它们像朋友一样友好。我尽量在畚箕里装满谷子，它们一天不落地下蛋。有时候还下双黄蛋。当祖母从鸭笼里捡出一个个比我拳头还大的双黄蛋时，我是多么感谢它们。

等我懂得感谢的时候，鸭子们却没能躲过那一场瘟病。起初我们听到我们隔壁的村庄的鸡鸭一夜间莫名其妙地死去。我害怕起来，很怕我的那些鸭子也会死去。过了一两天，村东头的一户人家的鸡也死了。这时祖母和母亲也紧张起来了，她们把鸭子都关在笼子里不再放出去。那天清早，祖母第一个起床，她照例把家里里外外都打扫了，端着一盆糠拌饭来到鸭笼前，鸭笼里静悄悄的，她弯下腰去，看到了一片雪白的鸭的肚子。它们都朝天躺着，向上弯曲着脚掌。

瘟病过去了，还剩下一只鸭子，这是我最后一只鸭子了。它变得不认识回家的路了。每天傍晚，它不再在水埠前等我，向我要谷子吃。它有时候会跟着别人家的鸭子到别人家去，有时候会被水根老婆赶回家去。

我记得最后一次我把它从水根家里领回来的时候，它孤单地走在石头路上，左右摇摆不停。我慢慢地走，它在我面前也慢慢地走。不时地嘎嘎地叫两声，声音里充满了凄凉。我想它也确实需要一些伴啊。天色慢慢地暗下来，它伸缩着脖子，走过水埠，我停下来，它也停下来，我看看它，它也望望我。

第二天傍晚，我找遍了整条溪，挨门逐户地问遍了还剩有鸭子的人家，也没有找到那最后一只鸭子。

赶着羊群回家

1

我的童年已不太有饥饿和寒冷了。据说处于这种状态的人，容易产生一种浪漫的情结。我要养羊，大约就是因为这种情结。到现在我还想起当初的美好的愿望，像云朵一样洁白的羊群在山坡上低头吃草，我在柔软的像毯子一样的草地上仰卧着，看看蓝蓝的天，看看山的轮廓和下山的太阳。我以为这样的日子，是无比浪漫的，也是无比幸福的。于是，我想到了我要养羊。

那些日子里，我甚至做梦都在放牧着羊群。

我对祖母说了我的想法。七岁的我说得很婉转，我说，阿婆，隔壁三婆婆家的羊有羊宝了。祖母没有理解我的意思，坐在堂前的小桌子前理马兰头，她无意识地"嗯"了一声。过了好久，见祖母没有反应，我又凑上前，说，阿婆，小羊生出来是不是很可爱？祖母"哦"了一声，大约觉察到了一点什么，又说，那当然，小羊会比你还乖。

小时候的我是被祖母百般宠爱的，常被她误导着，以为我便是世界上最乖巧的孩子。听到小羊会比我更可爱，更觉得稀奇了，想要一只羊的愿望也更强烈了。可祖母那里又不便明说，似乎那样小小年纪的我便有了自尊，以为去讨要一件东西是很丢人的事。

这件事在我的心里藏了好久。正是五月麦子黄时，大人们都忙着自己的活，他们要从山上把麦子割下，背到家里，还要手工把麦子打下来。农忙假时，我一个人坐在门槛上，祖母呢，抡起麦秆一下一下地打在门板上，打下来的麦子飞溅到我的脸上、头上，有一种轻微的疼。可我还想象着我的浪漫的画面，想象着有一头羊，当然最终是很多很多羊的美好。我捡起一粒麦子放进嘴里嚼，这是一粒还没熟透的麦子，一咬，立即有一点带着草香的甘甜的浆水渗到舌尖上。我闭上眼睛把腿伸长，在门槛上细细地享受着。突然我的两条腿被什么东西从门槛上拨了下来，我吓了一大跳，睁开眼睛一看，三婆婆那张苍老的脸像画一样出现在我的上方。我是不太喜欢她的。她曾把我种在门前的一棵凤仙花拔去了，我去找她理论，她说她并不知道那是花。脸上是一种不屑的神气。所以，我瞥了她一眼，不作声，管自己想事情。

她转过身去和祖母聊天，无非是收了多少麦子，种多少番薯之类的。祖母说今年排的番薯秧是胜利八号,这个品种产量高,也排了朝鲜番薯。说着她朝我努努嘴,说,我们这个小东西喜欢吃朝鲜番薯。她们渐渐地说得热乎起来,祖母停下了手里的活。我听得昏昏欲睡。过了一会儿,不知怎么又说到了身子骨,祖母说这几天手臂酸胀得厉害,三婆婆叹了口气,说起自己风湿痛的腿来。又说,小羊快生了,我的腿疼得厉害,现在还可以吃家里存着的草料,还不知道生了以后怎么办。说着她捶起自己的腿来。这时的我突然惊醒过来,马上站起来跑到她身边,极其谄媚地说,三婆婆,以后我来替你放羊吧。两个老人一愣,随即大笑起来,道,你还小呢。在我的印象当中,也是到现在为止,那是我说话说得最圆滑的一次。

长大以后,每每回忆到这件事,总有点难堪。进而,就觉得有些人的圆滑,也是可以理解的——那么小的我都很圆滑啊!

第二天一大早,我就直奔三婆婆家,告诉她我要去放羊。三婆婆笑着数落我,气急鬼,早上是不能放羊的。她告诉我早晨草上沾着露珠,羊吃了带有露水的草,是要拉肚子的。从那以后的每个午后,我都会到三婆婆家去,我大约早已忘记了拔去凤仙花这一件事。三婆婆的三角脸也渐渐地好看了,不再凶,也不再有酸腐的神色。她常常递给我一个裹了干菜的锅巴团,有时候是一个雪饼。那时候的我想,她待我这么好,也许是我帮她放羊的缘故。其实,在不帮她放羊的时候,她也常递给我东西,只是,我不接受。

我每天把羊牵到溪边的草滩上,这是三婆婆在家就能够看到的地方。看它伸出粉红色的舌头,把碧绿的草吃进嘴里,发出沙沙的声音。它的短小的尾巴不停地甩动着，驱赶蚊蝇。它的肚子已鼓起来了，走起路来慢吞吞的。这样的时候，我总是耐心地等着它，有时候甚至愿意蹲到它的身边，为它赶走蚊蝇。我还发现了它最喜欢一种能长豆子的秸秆。有一天回家问祖母，祖母告诉我，这种秸秆是山羊最喜欢吃的一种草料，被称作"羊人参"。于是，我到处找这种秸秆，羊不在身边的时候，折了，捆成一捆，送到三婆婆家的羊圈里去。

小羊终于在六月的一个早晨出生了，生了三只。三婆婆在角落里看到一头撞进羊圈的我，说，小东西，三婆婆心里有数，最活泛的一只给你。她指着一头微微发抖的小羊说。我却红了脸，想，到底还是被她们看透心事了。四下一看，还好，整个屋子黑漆漆的，祖母和三婆婆正聊着天。

2

接下来的日子我时时刻刻窝在三婆婆家的羊圈里。六月的羊圈里，蚊子出奇地多。那是个子很大的花脚蚊子，它们的腿脚细长而有力，一只只常常像战斗机似的在空中盘旋，发出恼人的声音，还出其不意地向我进攻，通常我刚不遗余力地打了腿上的，马上再打自己一个巴掌。这个巴掌打得狠而准，有时候在脸上留下了一个蚊子黑黑的印子和一点胭红的血。就这样，每天回到家里，祖母第一件事就是用盐巴泡热水给我洗脸洗身子，边洗边责怪我，有时候也责怪三婆婆，不过这通常不是指名道姓的。

天气越来越热了，小羊会走出羊圈了，也会走出屋子来了。我记得那个傍晚三婆婆刚打扫完羊圈，走出门口时她叫我，说，我的围裙落在里面啦。我一面笑着，笑她和我的祖母一样，只要不固定在自己身上的东西，随时都会丢，一面揪起搭在羊栏上的围裙就往外跑。我把围裙往三婆婆面前一递就又想往羊圈里钻，可一低头却发现那只属于我的小羊正在三婆婆的脚边嗅着。我看到下山的太阳照在它小小的身上，它全身雪白雪白的，柔和而轻盈。它低着头，它的两只耳朵耷拉着，那样耀眼。我蹲下去看它，它也抬起头来看我。两只眼睛是剔透的，里面是黑色的眼珠。它的粉嫩的嘴向我伸来，发出了呼哧呼哧的声音。我向它伸出手，它毫不畏惧，伸出舌头来舔我的手。我马上笑了起来。我看着它，觉得它是这样神奇，我第一次看到它在阳光下的情形，这是我这一生里第一次对生命发出了由衷的赞叹。

没有想到，第一次带它出去就惹事了。那是三婆婆正式答应让我把羊带走的那一天，我乐颠颠地牵着它走在路上，看到很多人都看向我。也有不少人问我：放羊去啦？我响亮而大声地回答：是。唯恐别人不知道，我从此有了一只自己的羊。

我想把它带到溪边，想让它蹚过溪水去吃草。可它怎么也不肯蹚水。我拉它，它的两条前腿像小柱子一样死死地顶在石头上，一动也不动。实在没办法了，我卷起裤腿，一把抱起它就走。走到溪中间，一只裤腿掉下来了，我用左手去拉，可它在我的怀里不停地扭动着，渐渐地，我失去了平衡，脚一滑，连人带羊倒在溪水里。我马上挣扎着站起来，它浑身湿淋淋的，咩咩地叫着，那声音像是受尽了委屈。

我在溪滩上晾干了衣服，坐在圆石头上，解去了它脖子上的绳子。它在草间跳跃着，一不小心脚一滑，栽了个跟头。但它也不闹，一骨碌爬起来，在小树干上蹭一下痒。有时候也会静下来凝神倾听，那时候的它是专注的。

　　傍晚回家我把它带到它母亲的身边。它一到羊圈里，就钻到母羊的身下去喝奶，看上去像是在啄。起初的时候它还与它的兄妹打一下招呼，到后来渐渐地霸道起来，横起身子吃起奶来。母羊常常低下头来，闻闻它，舔舔它。

　　小羊渐渐地健壮起来了。特别是它在小溪里从这块石头到那块石头轻松而敏捷地一跃的时候，它的腿变得细长而有力了。它的声音也变了。有一天我刚把它带到溪滩上，看到三婆婆也来了，带着那头母羊。我把小羊带到母羊的身边，它在母羊的身边走动了一下，就顾自己吃起身边的一棵秸秆来。三婆婆摇摇头，说，到底是畜生啊！我以为它会像以前一样，亲热地挨上去，甚至再到母羊的身子下去寻找奶头。

　　在三婆婆的语气里，我听出了它的不好。我也不知道它为什么看到自己的母亲不再亲热了。那个下午的我哀哀的，一点都高兴不起来，也无心再去理会它的跳跃以及拖着余音的叫声了。

3

　　那天晚上有雪。

　　半夜里，熟睡的我被焦急的呼唤声吵醒，好像母亲在叫我，但听不清说些什么。我以为是雪把我们的房子压塌了。一骨碌起来，摸到电灯的开关绳，用力地一扯，嗒的一下，却没有电。四下里一摸，我左边的祖母的被窝空着，早已没有了人。

母亲房里微微地有一点光。过了一会儿，我听到她踢踏着拖鞋跑下楼去。整个房子都被她震得颤动起来。我无法推测到底发生了什么事，慌慌张张地穿上衣服，下了楼。堂前点着一支大红蜡烛，没有人，大门敞开着，门外白茫茫一片。风不住地窜进屋里，裹挟着雪花。我探出头去，看到了院子里彼此交错着的两种深浅不同的脚印，通往猪栏。

生小羊了！

我一脚跨出门去，脚猛地一滑，摔了个四脚朝天。我仰面躺在雪地里，朦胧中，雪纷纷扬扬地落下来，在脸上化了，冰凉。这时候我听到了小羊的叫声，那是一种柔弱的，温婉的声音，仿佛是一种天籁。我以为这是从天堂里传来的声音，忘了起身。母亲从猪舍里匆匆出来，走近了，看到我，惊得扔掉了手里的电筒。她一把把我拎了起来，搡进屋里，惊疑地在烛火里看着我，似乎不认识我了。过了好久，她问，你怎么会在雪地里？我不答，怕她骂我。她更怕了，把我一把抱紧，然后摇着我，带着哭音问，你说话啊，你见鬼了吗？

我也怕了，哆嗦着说，生小羊了，我也要看看。母亲放了我，我抬起头看看她，她像放下了一担压在她肩上的谷。接着，她像风一样旋进了灶间，我听到了柴火被折断的声音。我又悄悄地溜了出去。

猪舍里只有祖母一个人。没有灯，只有一支蜡烛跳跃着。

我看到母羊在角落里躺着，身上似乎盖了一些草。我靠近祖母，叫了一声，阿婆。祖母被我吓了一跳，转过身来，问我，你怎么来了？我笑了，说，生小羊了，我也要看看。她一只手把我拉到她的身前，一只手擎起蜡烛，指着角落，说，看到小羊了吗？在那里，两只呢。我看到了两个小小的头，雪白雪白的，从草堆里探出来。它们湿漉漉的，不住地抖动着。母亲进来了，端着一脸盆热气腾腾的米汤。祖母把米汤接过来，放到母羊面前，对它说，喝吧，喝了就暖和了，养力了。羊呼哧呼哧地喝了起来，不时地抬起头来看看我们。我说，阿婆，它听得懂你说的话咧。祖母搓搓手，说，它通人性。

父亲和哥都起来了，我们一起围在羊栏边看着母羊和小羊。从此以后，我家就有三只羊了，我想。到了春天，我放学回家，看它们在山坡上埋头吃草，看它们不住地打着自己短小的尾巴，驱赶蚊子和苍蝇，这是一件多么有趣的事情！有时候羊吃饱了，它们远远地跑在我前面。绳子一头套在羊脖子上，一头攥在我手里。我常常被它们一路牵着跑回家里。一路上，它们不时地拉下一粒粒黑豆般的屎来，仿佛在签名。我还想象着等有一天，我家有了十只，二十只，甚至三十只羊的时候，那洁白的羊群在碧绿的草地上的模样，没有一丝丝杂色，会是一幅怎样动人的图画。

然而到了第二天一早，令人无法相信的事情发生了。我起床后直奔羊栏，发现母羊身下竟有一只通身漆黑的小羊！它的毛亮油油的，上过蜡一般。它霸气十足地挤在两只小白羊中间抢着喝奶。不时地侧过身子，似乎想多占一些位子。

　　到了中午，我家的羊栏边围满了看热闹的人。人们怎么也想不明白，这方圆几里之内没有一只黑羊，全身雪白的母羊却产下了一只黑羊，而且这只黑羊，我们并不知道，它是什么时候出生的。也许是在我们回屋睡觉之后，也许，它早就生下了，躲在一边，因为没有灯，黑漆漆的，我们看不到它。或者，这个下雪的夜晚，它从野外跑到了我的家。

　　我想，那应该是雪送给我们的一件礼物。

目击一只鸟的消失

那只鸟没有再出现过，现在，大概是凌晨两三点，熟睡的我突然就那样跳醒了。莫名其妙地想起那只鸟。这个时候，世界是那样寂静，突然空间变大了，而空气，却可以像水一样，让我沉浮。我想象那只鸟的样子，现在我不知道它去哪里了。如果阳光普照的时候，它飞翔在风里，云之下，那么我又怎样分辨它？

这之后我一直在想人与动物之间的关系。我能找到最能说服人的一点，是人与动物的血都是红的，而且，红得有些惊心。每一条生命的道路，都由自己来完成。那么那只鸟呢？为何我已久久不见它了？

我得承认，它出现在我的视野里只是偶然。谁也不会精心安排一场一个人与一只鸟的会面，我深信。我记得那时候正靠在床头的祖母突然对我说，是谁来了？那个时候我正坐在她背后替她梳头。她的头发是没有白尽的颜色，一种灰，灰得雾蒙蒙。我凝神听了许久，确信没有人来。凑到她耳边说，我没有听到什么声音。祖母对我说，一定有谁来了，我听到一种声音。

我知道那是她的幻听，她一定在渴望姑姑的脚步声在楼道里响起。她的耳朵早已没有听清五米之外的声音的能力，就像我的目光穿不透墙壁一样。我继续给她编辫子。她的头发已那样稀疏，捏在手里，单薄得如苇叶。祖母再一次对我说，你去看看，门外真的有谁来了。

我带着她的幻觉，走向门外。我相信走到门边，立马就可以折回身，然后告诉她，门外没有人，连动物都没有。或者有，只是一些蚂蚁，或者蚊蝇之类。

然而在楼道的玻璃幕墙外，我看到了一只鸟在向我微笑。它停在一根横穿而过的电线上，那样安静地看着我。没有声音，是因为它不发出一点声音。只转动小小的头，微侧地看着我，眼睛细小却明亮。我下意识地对它笑笑。如果笑在动物与人之间相通的话，我想它会理解。

我回去告诉祖母，那里停了一只鸟。我不知道它叫什么。有人说名字不是人的地址，我想名字也不是动物的地址。祖母听了之后"哦"了一声，表示她已知道这件事了。

接连几天在早上九点，祖母总告诉我，有人来了。我去看时，它总那样安静地用清澈的目光看我。我很奇怪祖母如何知道那只鸟的光临。它来时没有声音。电线虽然细小，承载它的分量，却绰绰有余。摇晃或摆动，谁不会经历？

几天后的一个午后，大概两点，我听到楼道里发出一种碰撞的声音。去看，没有人。是那只脖子上有一圈白毛的小鸟，它扑打着翅膀，用尖利的嘴，啄着玻璃。一次又一次，不妥协，一冲一撞，然后回到电线上。电线前后摇晃，它张开的翅膀在拍打，只是徒劳。这时候有人来了，我告诉她这只鸟，她说，笨。我在心里笑笑。在她的理解里，一只鸟就该去飞翔，而且，鸟应该栖息在树上，而不是电线上。

祖母这一次却没听到鸟来的声音。她睡得沉沉的，我打开了她房间的窗户。她说，这一觉睡得真好，没有谁来。

从那以后鸟一天要来两次，我之所以直接称它为鸟，是因为我与它已那样熟悉。早晨九点，它来的时候那样悄然，祖母有几次还会对我说，去看看谁来了。但更多的时候，她不再说话，她说，如果是看她的人来了，就会自己来到她的床前。谁也不会站在门外看一个病人。下午两点的时候，我常常听到它来了，而后不停地想往我们的家里走，不停地拍打着翅膀，弄出一些类似人走路的声音。那个时候祖母总是睡得很沉。

我把它忘记了是因为有一天祖母真的走了。我们忙碌地为祖母准备一些要穿的衣物和鞋帽。我们谁也没有去过她要去的那个地方，不知道那里需要什么，只有尽可能地为她准备和整理。

刘亮程说，水流在世上，也许根本没有目的。但是时间呢？生命呢？

我在暗影里扳着手指，想算算那只鸟出现的日子。可我已

上辑　草木虫鱼外传

算不清了。我只知道，祖母走了的第二天早上，我守候过，它不再来，不再安静地来看我，而下午，它也不再出现，不再暴躁不安地往玻璃上冲了。

母亲曾对我说，你外公走的时候，对面山头上有一只野兽，在深夜里，常常哭得满村的狗叫，有好几天。

现在，我想起那只鸟，它是不是也看到了一个灵魂的出走，走到另外一个地方去了？

长尾山雀

　　大年二十八的早上，院子里叽叽喳喳地来了一群鸟。有十几只，它们有的停在树上，有的停在电线上。叫声很响亮，爽脆，喜气洋洋的，我以为是喜鹊，过年了，来院子里应个景。虽然有人说，有一种病毒正在蔓延，人们有些担忧，但这些鸟儿，显然还是快活的。我停下了手里的活，仔细地看它们。它们一律红嘴巴，蓝羽毛，拖着的长长的尾巴顶端有白色的斑点。我想用手机拍下它们，然后向人请教它们的名字。但距离有些远，只拍下它们模糊的身影。小农说，就叫长尾山雀吧。

　　长尾山雀的名字就这样被我们叫开了。它们常常来，来了就是一大群，从一个山坳里飞出来，喳喳的，在薄薄的雨雾里，翅膀一张一合，从我们的头顶飞过，伴随着清冽的叫声。它们呼朋引伴的，在天空里，呼啦一下，从那个房顶，不一会儿，竟全停到我们的院子里来了。

我很欣喜，总想看清楚它们的模样，悄悄地走近它们，选中离我最近的树上的那只，我拿出手机来的时候，它扑扇一下翅膀，飞走了。它走了，其他的也跟着走了。我母亲走过来，一副见惯不惊的样子，说，这些长尾巴呀，常来呀。她脸上的淡定，确实显示她是见惯了大世面的人。我说，夏天的时候它们也来吗？母亲说，都来。春天开花的时候，在花中间跳。夏天果子熟了，在果子间跳。秋天还来，在叶片间跳。冬天呢，在光枝丫上跳。我说，原来，它们不是这几天才来的呀。母亲说，去年就来了。我们可是被它们害苦了。害苦了？它们怎么了？母亲说，布林成熟的时候，它们在树枝里面跳啊，布林就掉地下了。掉下去就摔破了，摔破的果子第二天就烂了。光跳几下也就算了，还常常去啄这些果子，吃吃这个，啄啄那个，把一树的果子啄个遍，这些果子没几天就都烂了。

那怎么办呢？怎么办，还能有什么办法呢？又不能用药，你老爸怕它们误食，连杀虫的药都不敢用，怕用了药它们都死了。

我刚才还在想象着那动人的一景，红色的嘴，蓝羽毛的长尾巴的鸟，在雪白的像梨花一般灿烂的花间跳跃的样子，或者说在累累的乌油油的果实间跳跃的样子，或者说在碧绿的叶间把枝条蹬得颤动的样子，这是自然界的美妙的景色。可是我母亲刚才的话，让我的心忽然间有些灰暗了。植物和动物之间，原来有那么多的矛盾，人与植物和动物之间，也有那么多的纠葛。

不过,笨办法倒是有一个,母亲又说。什么办法？我脱口而出,不知道为什么,这时我想到了蝙蝠,黑压压的一群,在飞往餐馆的路上。

叫啊！你老爸每天看到它们来了,就"啊哦啊哦"地叫,吓走一只是一只。你老爸去年夏天嗓子老是哑着,你忘记了？我想起了去年夏天,每一次回家,父亲总是哑着嗓子和我们说话。当时问原因,父亲说,话说多了。没想到,他是和这些长尾山雀对话了。

现在,它们又来了一大群,足足有二三十只。好多停在电线上,排排坐着。它们相互之间对话着,长长的尾巴挂下来。电线晃动起来,它们也跟着晃动着,尾巴上下摆动着。远远看去,还真的像是一串春天的音符。

我想到了我母亲说的那句话,如果放农药了,它们就会死了。我不能想象那些红嘴、蓝羽毛、尾巴上有白色斑点的美丽的鸟儿,在我们的果园里没有了生命。

下 辑　落在天井里的雨

对　话

我这时坐在廊下，下午三四点钟的光景，看屋子里黑乎乎的，有一束光照到堂前里，灰尘在光里飞舞。每到这个时候，我总是像个孩子似的，拼命地挥动着手脚，尽量制造出一些灰尘来。这些灰尘，在阳光下，煞是可爱，亮闪闪的，仿佛是思想的碎片，充满了生机，犹如一个个生命。我喜欢这样。这样的时光，仿佛走得确实慢了一些。

　　整个村庄很安静，没有人声，连平时那些勤快的狗，也不知道去哪里了。人有时候真的很奇怪，热闹的时候嫌喧嚣，冷清的时候嫌寂寞。

　　我站起身来，听到院子里有说话的声音。四周看看，却没有人。于是走到院子的中间，看到一丛正在开花的铁线莲下面，蹲着母亲。是她在说话，是她在跟一棵叫总统的铁线莲说话。她说，叫你往这边走，你偏不听，你说，你不听我的话，想怎么样？我没有听到铁线莲的回答，但是有风吹过，吹起了几片香樟叶，喊喊喳喳的，贴着地面翻转着身子，像一个个耍赖的孩子。我看着母亲，她把总统的一根藤蔓往架子上牵引，又听见她说，你再不往这里走，其他人就要往这里走了，到时你又没有路，你怎么办呢？你要听话呀！过了一会儿，她又叹口气，说，你一定要往那里走，我也没有办法。你总有你的想法，那我就成全你吧。

我听着母亲的话，看到那么多花朵摇曳在藤蔓上，婴儿的手掌那么大的花朵，浅紫色的，在创造一个个生命的传奇。母亲又说，你们啊，不理我也没关系，我会一直理你们的。谁让你们一直开花呢？你们看看那些四季豆，它们不也爬藤吗？它们不也是往这个方向吗？

我想起母亲曾经跟我说过，铁线莲爬藤和四季豆一样，有自己的性格。你把它们往顺时针方向爬了，第二天，你去看看它们，它们又走回来了，它们得逆时针爬。我有一次就想看看这样的理论是不是真的，把一棵皇冠的藤蔓往顺时针方向牵引了，做好了标记，第二天兴冲冲地去看了，果真，它努力地向逆时针方向转了过来。

我回到廊下，想继续看灰尘。可是阳光已经走了，有那么多人，你想要等待，她却已经离开。一个人可以沉默的时候并不多，想要找一个说话的人也很难。我继续听到母亲叽叽咕咕的声音，只是不再听得清她说话的内容。周围却已经有了暮色。

暮色里响起了蛙鸣声,才三月,一池的蛙鸣声,一浪高过一浪。我从来都不知道,青蛙们,或者蛤蟆们,也是要开会的。起初,有一只先说了一两句,短促的,大约是主持人;接着,不同的方向发出了不同的声音,只有几只,大约是主要领导抛出了话题;才一会儿,声音一串串地冒出来,像是整个池塘都被煮沸了似的,噗噜噜,噗噜噜,吹着泡泡似的。母亲的声音这时传来,我看到她站在池塘的边缘,怀里抱着柴火,她高声朗叫,叫吧叫吧,把天叫破了才好。你们以为叫着就有饭吃了吗,还不是要捉虫子!我在暗影里不禁笑了起来,这些青蛙或蛤蟆,也许有人下了命令,需要大家积极发言。它们的叫声那么热烈,传得那么远。我想象着那样你追我赶的叫声,它们一律鼓起白肚皮的样子,一定是让人赞叹生命的。这样的叫声,竟是嘹亮的,清澈的,几乎盖住了村庄东头的狗叫。却不料母亲是这样评价它们的,在她的词典里,粮食、劳作、肥料、柴火,是不变的主题。我越来越喜欢和她在一起,有时候想,我见了那么多人,看到过那么多事,她竟是我最佩服的一个人,有时甚至是我最羡慕的一个人。比如,她的另一种对话。

　　我真正喜欢的对话,是她和父亲的对话。是在清晨。每天醒来,有她在的日子,或者说有他们在的日子,我总能听到若有若无的对话。小时候的房间,中间只隔着一道竹篱子。在朦胧中,听到他们在说一只鸭的事情,子乔的事情,也说下雨的事情。声音时高时低,有时候也起争执,争执了以后是平静,是起床的声音。母亲拖着鞋在楼板上走动,踢踢踏踏的,这是她最慵懒的时候。我总是疑心他们为什么有那么多话,总也说不完。有时候还没完全醒来，以为是梦，若有若无的声音缥缥缈缈，闭着眼睛打捞着，却只能传来几个字。我曾经和几个朋友说起过这样的晨语，他们都那样心生羡慕。不知道有谁说过，世间最珍贵的人，是陪你吃早餐的人。可是我觉得，世界最珍贵的一刻，是在醒来的时候，有人可以说话，有人可以说很多话，每天，每月，每年。或者说一辈子。可以不顾忌想要说什么，可以不顾忌有没有冷场，可以把这样的晨语当作呼吸一样，自然。

杨然讨饭

杨然死了。虽说死是一个人最后的归宿，没有什么值得大惊小怪的，但杨然却有些不同。他死在一条回家的路上。有人看见他一个人孤零零地趴在地上，脸贴着地。一只手撑地，另一只手的不远处是那只搪瓷盆子。他的一条腿弯曲着，保持着醒来后随时迈步的姿势。可是，他永远不会醒来了。

很多人说起杨然，语气里有种惋惜。可是谁也不想更确切地表达——毕竟杨然是个讨饭的人。在农村里这一类人有一个更贬义的称呼——讨饭佬。这个称呼到了杨然身上，便成了杨然讨饭。

据说杨然是萧山或是临浦这一带的人，谁也没有更确切的答案。每年田地里的油菜刚刚起苔，村里人闲聊时总会说起，杨然讨饭快要来了。这样一句闲话,让人察觉了春天的来临。

花开的时候,杨然果然来了。他的头发稀疏,胡子却浓密。背很驼,好像把过去的日子都一个个地驮在了身上。

杨然是个古怪的人。他一点都不像别的讨饭佬。每到一户人家前,他在离大门还有两三步远的地方站定了,直起嗓子叫一声:饭有没有得吃?里面的人似乎早就在准备着他的到来。话没落就应了,来了,来了。脚步和语气一样仓促。

杨然把手里的搪瓷盆拿得更高一点,看着这一家的人端出来的满满的一碗饭,嗫嚅着,够了够了。他的下颌剧烈地抖动起来,接过饭,退后两三步,面朝这个人微微地躬身。什么也不说,缓缓地转过身去,走了。走到少有人的地方——有阳光的墙角,席地坐下来。他从左侧背着的一个布袋里摸索出一双筷子吃起饭来。

有时候他走到一户人家门前,那户人家这一天恰好没有多余的饭。主人来了,似乎赔不是,要给杨然一角钱。杨然看了,摇摇头,退后两三步,躬身,又缓缓地转过身,走了。主人站在门口,看杨然在正午的太阳下踩着自己的影子一步步地走远,叹了口气。第二天杨然走过,主人便招呼他。杨然道,吃了。然后一个人慢吞吞地走到水埠的最下游,洗起他的一双筷子和一只搪瓷碗来。有人说杨然是个极知趣的人,他从不在水埠的上游洗碗筷。农村里的人都知道,水埠的最上游淘米,下来一点的地方洗菜,然后洗衣服,最下游的地方洗马桶。也有人说杨然并没想过这些,他只是图个方便。这就是农村。

杨然洗完了这些,坐在水埠前,闭上眼睛,在溪边的石头上坐着，任春天越来越暖的太阳打在他褴褛的衣衫上。他最久可以坐一个下午。谁也不去打扰他。村里却有了一种说法，杨然是可以坐着睡觉的。

别的讨饭佬进村了，村东头有一只狗先叫，过一会儿，村里的狗都叫起来了。一只比一只叫得凶。杨然进村的时候，它们却没有一点声音。有的人家有院门，杨然在院门口站定了，刚要开口，屋里的狗大约是听到了动静，"汪"的一声气势汹汹地窜出去，刚要叫第二声，看到杨然在雨中静静地站着，这只狗便吞下了那一声"汪"，低下头，走到杨然身边转一圈，再卷起尾巴跑回屋里去。

谁也不知道杨然晚上吃什么。在人们的印象里杨然从不在晚上要饭。这一家的饭他吃过了，近五六天里，他不会再来要。我家那时和根田家合住一个堂屋。那个中午，祖母远远地看到杨然来了。她盛了饭，在饭里焐了一块咸肉。等着杨然来，等着杨然在门前直起嗓子喊一声。他慢慢地来了，却走过了家门。祖母追出门去，叫，杨然，饭。杨然像被雷击中了一样，站着不动了。过了很久，转过身来，道，这家吃过了。也许他不知道这个堂屋里住着两户人家。这个村庄的饭要遍了，他宁愿走得远些，到别的村子去要。

睡，是有固定的地方的。村里有一个榨料房，这是一些做纸人家公用的房子。每家都有一把钥匙。平常谁家在里面榨完料，便锁上门。杨然来了，这个房子便不上锁。杨然在那里度过了春天的一个又一个夜晚。也有人曾在那里放一条叠得很齐整的被子，但春天过去了，杨然走了，人们发现被子从来没摊开过。

等绿色淹没了油菜花的金黄，青竹放枝的时候，杨然走了。没有人看到过杨然是怎么来的，怎么走的。他像从地下冒出来一样，无声无息地出现在村里的一个小角落里。也许他是趁着夜晚来或去的。可是村里的狗也没给大家一个消息。他几乎不说话，说得最多、字数最长的一句话是——饭有没有得吃？是一种询问的口气。他不喜欢与人打招呼，即使是他认识的人。一个人在狭小的弄堂里与他撞见了，他便低下头，侧过身子，让人先走。人走远了，他还在那里站着。

最后看到杨然的是阿水。那天他去小黄岭上砍青竹。这条岭的这边是富阳，那边是萧山。二三十年前翻这条岭的人很多，渐渐地，公路修好了，走的人也少了。那个下过雨的早晨，空气里还弥漫着五月特有的潮湿的味道。阿水看到杨然趴在那条他要回家的岭上。阿水说，我以为他睡着了，想去叫醒他。我也不指望他回答我一声，可他连哼都不哼一声。后来岭脚一个老人说，三天前的一个清晨，杨然就已经上山了。

杨然的儿子们来了。他们把他抬回家去。村里有人议论说，杨然的儿子们都很有钱。又有人说，杨然有一种讨饭病。到了油菜花开的时节，儿子们拿绳子绑都绑不牢他。他每年都要出来讨饭，而且，只到我们村子这一带地方。过了五月，他回到家，就在儿子们的洋房里，一天一天地很正常地过着幸福的日子。当然，这只是传说。

凡人阿秋

　　阿秋造的亭子这几天一直出现在我的眼前，那样粗陋。地基上的那些大大小小的石头，密码似的深深地刻入我的脑海里。夜深人静的时候，这个亭子就直接像电影镜头似的出现在我的眼前。它安静地站在山冈上，天空蓝得耀眼，阳光温热。风从四面八方吹来，在亭子里几乎不做停留。我看到那些柱子上的石头，伸展着棱角，对空气来回切割。

　　阿秋一个人在山冈上造了这样一个亭子。他说，亭子在山顶上，他可以坐在亭子里，晒很好的太阳，听高亢的鹅叫，吹山间清澈的风。地基与柱子，都是用石头垒成的。从没有做过石匠或泥瓦匠的他，竟然造出这样有味道的亭子。我问他，一个人？他说，一个人。

　　一个人。一个人把木料从山脚往山顶扛，一个人把水泥从山脚往山顶扛，一个人把瓦片从山脚往山顶扛。没有动物驮，没有机械设备运，我说，那多累！阿秋笑笑，说，不累，造亭子啊！

阿秋一边跟我们说话，一边往嘴里塞一种乌紫的野果。他说，我要把那条路打通了。他说这句话时对着北面的山画了一条线，这条线在他的手上只有一肘的距离。我们顺着他手指的方向，看到一条正在开凿的路。远远看去只是劈了柴草，开了路基，裸露着黄色的泥土。山路蜿蜒着，仿佛一条行进的蛇，正向我们游来。我问，这条路是挖掘机开的吗？阿秋笑笑，摇了摇头。我又问，请人开的？阿秋又笑笑。锄头。好久。阿秋说，我自己用锄头开的。他笑时嘴唇也乌紫乌紫的，连同他黝黑的肤色，给了我一个黑色的笑容。

阿秋在山顶养了鹅、鸡和鸭。在山上养鸡见得多，养鸭、养鹅的却很少。这些雪白的鹅对着陌生的我们大叫，义正词严的样子。风把它们的叫声吹得很远很远。我看到它们红着鼻子，在叫的间隙里相互私语几句。那些鸡和鸭在杨梅树间灵活地穿梭，有几只鸡停在杨梅树顶上，然后立起一只脚，拍几下翅膀，油亮的羽毛在阳光下闪烁着光泽。

我还想在这里造一间大一点的房子，阿秋指着一个地基说。我说，一个人？阿秋说，一个人，我要造一间石头房子，我能造好这间房子。他似乎担心我质疑他的能力，马上毫不犹豫地说。我发明了一种砌石头墙的方法，用水泥和黄泥混合，可以把石头墙砌起来。等房子造好了，我要画一幅画，把那棵松树也画进去。

阿秋所说的松树就在地基前几米的空地上，看得出来，是他特意在去除了很多杂树后留下的。我甚至怀疑，这个房子的地基因为这棵松树而偏移了一些方向。树很普通，是我们这一带常见的品种，大约有两层楼那么高，倒是遒劲的树枝让人感觉很入画。

　　我相信阿秋能画出很好的画，特别是关于这个山冈的画。这里的一草一木，他一定能如数家珍般地说出它们的名字。他有很好的绘画功底。有一个美院的教授看了他画的仕女图，请阿秋出价。阿秋舍不得，他说，几千张画里只留了四张，那是自己的回忆。他也画山水画，他临摹的富春山居图在我这样不懂画的人的眼里几乎可以乱真，阿秋摇摇头，说，这画不行，这画真的是画的。我有些不懂，画，难道不是画的吗？

　　你还在画吗？我问。阿秋摇了一下头，又笑了一下。这一次的笑带着全脸的灿烂皱纹。这些是十几年前画的。说着，阿秋又从那些小灌木上捋下一把黑色的野果，迅速地塞进嘴里，又说，我在这山上十四年了。这些年，我就做了这点事——他伸出手，指着亭子、果树和鸡鸭画了个圆。

　　我渐渐地知道了他的过往。他年轻时在工艺美术厂上班，那个时候爱上了画画。后来，他想在这个山顶上建一个理想的院落。他在这里耗了十四年。这些年里，他在山下给一个企业做保安，上一天一夜的班后可以休息两天两夜。他休息的时间几乎都泡在了山上。现在，这里慢慢有了雏形，可是，很多问题又摆在了他的面前，产权、管理等。但是我想，这些岁月，足以打磨一些器具，打磨出岁月的包浆。我觉得岁月也在打磨他，会让他的理想闪闪发亮。

"问自己"老师

　　我学的是建筑，快毕业的时候，有一次老师带我们去建筑工地参观学习。一走进工地，我被当时的场面深深地震撼了。很多机械正在热火朝天地工作着。老师指着不远处一幢十几层楼的房子对我们说，你们看，房子打好了基础以后，先把框架搭起来，再填砖，然后再粉刷装饰。你们看，在他们眼前的是什么？老师推了推眼镜，指了指前面说。我看着他手指的方向，不远处有四五个管理人员，蹲在地上围在一起，对着中间的蓝图正讨论着。

　　老师看了我一眼，对我说，特别是你，你最近画的图，很潦草，好几次数据都是错的。我惊愕地看着老师，还没等我说话，老师又说，你们看这样高的一幢楼，都要按照你们画出的图纸来建造，你们知道你们画的图意味着什么吗？我不敢抬头看老师，只看到他踩在泥地上的皮鞋上沾满了泥。老师接着说，我不想批评你们，我今天带你们来这里看看，就是希望你们知道，我们做一件事，首先得问自己为什么做，然后要问自己这件事的利害关系。把这两点想透了，再去问自己怎么做，我指的是用什么方法做。最后要问自己怎么样做才能做到最好。你们每做一件事，都是你们的作品，有形或无形的作品，记住。

当时六月的太阳、梅雨季节特有的潮湿，以及老师说的那几句话，最近总是出现在我的记忆里。特别是今天，也是这样的六月，也是这样潮湿的季节，我最终没有成为老师所希望的那样，成为一个自己能画出一幢楼的图纸的人。其实我也不知道，他对我的期望到底是什么。我只知道他有一个很温和的名字——竹笙。他的人和竹子一样修长、儒雅。他戴着一副黑框眼镜，厚厚的镜片后的眼神，似乎有些哀怨，冷冷的样子。我当时总不明白，这样一个三十多岁的年轻人，为什么总是这样一副眼神。有时对他也有些怨言。我是他的课代表，课堂上同学散漫的样子让我也很难受。有一次我甚至对他说，你能不能把课上得生动一些，你知道某某老师的课有多受人欢迎吗？你不是一个好老师。他听了，很震惊，我看到他挪开椅子靠背的手明显地停顿了一下。我那时候是窃喜的，以为我"点醒"了他，以为我让他明白了一个他所不知道的事实。

然而，老师并没有改变。他还是像以往那样上课，他不厌其烦地对我们说，要问问自己，为什么做，怎么做，怎样才能做到最好。我们私下里给他取了一个绰号，叫"问自己"。我们以为他说的话，都是无用的废话，只是他的口头禅而已。工作了很多年以后，那时我带了一个三四十人的团队。有一天我给团队开会，会议尾声时，我说，你们还是要问问自己，为什么做这件事，怎么做这件事，要怎么样做好。我刚说完，一下子就愣住了。我这才发现我的会议概要里没有关于怎么工作这一项内容，我看着台下的团队成员，想起了"问自己"。我不知道我沉默了多久，以为自己穿越了，或者说，来到了一个多维的空间——我经历过眼前这一幕。老师无用的废话，我竟然在会议上郑重其事地讲了一遍。我一直以为，我的工作和上学时候学习的知识风马牛不相及。那一瞬间，我确实很恍惚。幸好会议马上结束了，也没有人察觉出那一瞬的不正常，似乎，什么也没有发生过。

有一天晚上，我靠在床头夜读，读到稻盛和夫的一句话：问问自己，为什么工作。我马上就想到了"问自己"老师，想到他厚厚的镜片后那冷峻的眼神，白净的脸庞少有喜色的常态。我想：他那个时候就已经在向稻盛和夫学习了吗？

很多年后的一个元旦，我们开了一个同学会。主要科目的老师我们都请到了，唯独"问自己"没有来。我忍不住向一个当地的同学打听"问自己"的下落。在KTV包厢的暗影里，在同学们高亢嘹亮的歌声里，他说，我们肯定请不动他，也没人请过他。我把这个同学拉到走廊里，脱口而出，为什么不请他？他意味深长地看了我一眼，说，几十个亿身家的人，每天的事情那么多，我们肯定请不动他，也没人敢去请。我说，他不当老师了？我的同学说，听说，我们毕业后，他就不当老师了，回家开了一个房地产公司。现在我们这里，到处是他的楼盘，他成了一个造房子的老师。

我看着长长的走廊，再看看眼前的同学，说，要不我打个电话试试？他马上一口否决，你疯了？你知道现在几点了？十一点了！听说很多人找他办事，都要经过秘书才能找到他的。我突然很坚定，你有联系方式吗？他这时倒软下来了，说，有倒是有，两年前我请他帮过一次忙，电话应该还没有换。

我用免提拨通了电话，那边是长长的等待音。过了一会儿，他说，你好，哪位？很商务的措辞，但是声音似乎没有变。我说，老师，是我，是你九五级的一个学生。九五级？让我想想。电话里他的声音温暖了很多。你是我的课代表，你姓徐。我的同学听到了我们的对话，惊得一下子捂住了自己的嘴巴。我说，是的，老师，我们在开同学会。他说，在我们学校附近吗？我说，是的。他说，我可以去坐一会儿吗？我突然有些哽咽，拼命地点头。同学拍着我的肩膀，提醒我说话。我对着听筒说，我马上加你微信，把定位发给你。

"一个半小时后见，你们要等我。"他没等我说话，就挂了电话。

我们把灯调亮了，把酒瓶都撤了，关闭了音乐。等了快两个小时，他来了。我在门厅里看到他，他还是那样儒雅，推了推眼镜，朝我大步走来。他直接叫出了我的名字，像是昨天才见过面的人。同学们围了上来，他竟还能叫出好几个人的名字。他们都起哄着，让他喝一点，唱一首。他说，你们不用起哄，我从一百多公里外赶来，不就是来唱歌喝酒的吗？我听了，心里一颤，原来，电话打通的那一刻，他并没有在这个城市。

　　这天凌晨，同学们陆续撤退了，我和那个本地的同学，还有"问自己"，三个人走在已有晨曦的街上。"问自己"突然抬起头，推了推眼镜，看了一眼昏黄的路灯，说，你说得对，我不是一个好老师。我以为听错了，看着他，求证似的。他说，是的，我不是一个好老师。我顿时手足无措起来，说，老师，原谅我那时候的无知。他说，我那时真没有好办法，真的没有当好老师，我很惭愧。我不敢再接他的话。他突然对我说，还记得吗？我对你们说过，自己做的每一件事，都是自己的作品。我说，是的。这么多年了，我一直在用你这句话告诉我自己，该怎么做事。他笑了笑，又推了推眼镜，说，可是，教你们是我最失败的作品。我惊愕地看着他，他镜片后的眼神仿佛还是二十几年前那样，冷的，哀怨的。突然，他提高了音量说，你们回去再睡一会儿吧，我要去工作了。说完，他拨通电话，告诉对方，昨天下车的地方，你现在来接我。

　　返回的路上，我们都很安静，谁也没有说什么。直到他上了车，他的司机递给他一份早餐，他说，你们是我最后一届学生，以后再聚会，记得叫我。他往鼻梁上推了推眼镜，随即关上了车窗。这一次，我没有看到他的眼神。

范医生

　　我想起范医生，确切地说，不是我想起他，而是有人提起他。那是个隆冬的下午，雪下得很大，天地间苍苍茫茫的，那些飘飘洒洒的雪，美丽非凡。那天，村里有人摔跤了，估计骨折了。他们说，如果范医生在就好了，上一下夹板，保证一个月就可以下地了。

　　范医生不是我们村里人，听老一辈的人说他是个知青，有很好的医术。我第一次见到他的时候，他借住在我们村里。我记得是我祖母带我去见他的。他嘴里有两颗银牙，说话的时候，一闪一闪的。他人真白，白得有些耀眼。又胖。那个年代其实是很少有又白又胖的人的。我看到他时，他正在一个小桌子边坐着，旁边坐着一个佝偻的人，他的腰都快弯成九十度了。范医生拿着手垫，往桌子上一放，努了努嘴，示意那个老人把手放在手垫上。

我看着范医生，他有一个厚实的嘴唇，脸特别大，戴着眼镜，镜片后的眼睛细小却有神。脸颊上稍有红色，像极了现在人的腮红。一件白色的文化衫，肩胛处磨出几个洞来。他像一只蚕宝宝，肥白的。

我看着他，十一二岁的我揣测着他是一个怎样的医生。村里人都说他很神奇，我却对他充满了轻视之意。他说："换一只手。"这声音雄浑，瓮声瓮气的。我吓了一跳，这完全不像是从这样文绉绉的人嘴里发出来的。病人听话地把另一只手伸出去。然后他闭上眼睛，把下嘴唇抿上来压住了上嘴唇，猛地睁开眼睛，说："中药能吃吗？"病人点点头，连声说："能吃，能吃！"

于是他也不说什么，就拖过小桌子上的一本便笺纸写起来，写着写着，突然放下笔，换一页，手指在桌子上敲了几下，又继续写起来。写完了，撕下那两页纸，分开送到病人面前，指着第一页，说："这里的药你到城里去配。"又指着第二页纸，说："这个药我这里有，你拿去。"于是，他转过身去，在他身边的一个蛇皮袋里探着，一会儿就拿上来一个纸包，草黄色的，纸面上都是麦秸的碎片。病人接过了这个纸包，问范医生："这些药贵吗？"范医生没抬头，扭过身去，扎拢那个蛇皮袋，说："一块钱。"病人站起来，说："那看病的钱呢？"范医生面无表情地说："一共一块钱。""下一个！"我祖母在他面前坐定了，伸出手，他搭了脉，粗声粗气地说："来扎针吧，不给你配药，

有空就来。〞

　　于是，我就像影子一样，跟着我的祖母，天天去范医生居住的地方。祖母扎针时，我看着周围的人以及范医生，每个人的痛苦都浓墨重彩地写在脸上，似乎那个时候人们是没有欢乐的。

　　初夏的午后，我照例一个人在门前的阴影里看蚂蚁们忙碌地觅食，祖母在扎针。院子里没有人，四周静悄悄的。屋子里的人，几乎没有声音，每个人都压着嗓子说话。

　　突然，远处传来了近乎凄厉的叫声：〝范医生，范医生！〞我连忙站起身来，屋子里面也有人跑了出来，我看到范医生冲在前面。远远地来了一辆独轮车，我眨了一下眼睛，才看清推着独轮车的，是一个四十开外的女人。车上坐着的人，看不到他的脸庞。范医生跑了起来，他肥胖的身躯，跑起来的样子很别扭，我第一次在室外看到他的样子，于是我也跟着上去。

　　女人说：〝范医生，快给我爹瞧瞧，他腰痛，走不了路了！〞我看到她脸上惊惧的样子，乌黑的头发凌乱，脸上有斑驳的泪痕，整张脸涨得通红通红的。范医生没说话，看着老人。老人不停地呻吟着，露出半张脸来，喃喃道：〝痛死了，痛死了！〞

　　范医生倒是不慌，在独轮车前站定了，用手伸出去在老人的后背上量了一下，又伸出两个手指按了几下，问：〝是这里？〞老人只在臂弯里点着头，连抬头的力气也没有了。〝你等着。〞范医生说完转身就往屋里走，不一会儿，就端出一个铝制的饭盒，里面是一根根闪着银光的针。他走到独轮车面前，把饭盒递给那个女人，道：〝拿着！〞又拈起一根针，对老人道：〝抬起头来！"老人缓缓地抬起头来。范医生迅速地把针从老人的右眼角处扎了下去。周围的人都惊叫起来，怎么扎在这里？那个女人尖叫了起来："范医生，错了，我爹是腰痛，腰痛。"她在最后的"腰痛"两个字上加重了语气。

范医生不出声，又拿起了一根针，往老人的左眼角处扎了下去。这下，大家都窃窃私语起来。范医生对老人说："你站起来走走。"老人继续呻吟着，在臂弯里瓮声瓮气地对范医生说："我痛啊，走不了。"范医生说："能走，站起来试试。"老人不信，大家也都不信。范医生这时却莫名其妙地笑了起来，露出了一口白牙，亮闪闪的。大家都被他笑得心慌了，范医生说："起来，起来！"老人的女儿看着范医生，觉得不像是开玩笑，对老人说："爹，你站起来，试试看。"老人勉强抬起头来，用手撑着独轮车的车把，狐疑地一点一点地直起腰来。老人的脸上渐渐地有了光彩，突然，老人站了起来，伸出脚来，踩到了地面上。我的心提到了嗓子眼，生怕老人瘫软了。老人颤颤巍巍地走了一步，又走了一步。范医生提高了嗓门道："走起来，走起来！"老人听了，再迈开腿。这一次竟稳稳地走了起来。"我会走了，我真的会走了，我不痛了！"老人惊喜地嗫嚅着。周围的人都鼓起掌来，范医生说："来，进来，给你开药。"老人在周围人的簇拥下，走进屋子里去了。

我被他们轰了出来。从窗外看到里面闹哄哄的，很多人围在一起，我祖母走了出来，腿上手上都还扎着针，裤管挽得高高的。她朝我笑笑，招了一下手，我飞奔过去。她从口袋里摸出什么东西，塞进我手里，我摊开手一看，是两个五分的硬币。它们在我手里闪着耀眼的光芒，像范医生的银牙齿。

眼　睛

　　这段时间我常常想到有关眼睛的问题。今年三月的时候，我感到自己戴了将近十年隐形眼镜的眼睛里总飘起一些弯曲的线状黑色悬浮物。它们总慢悠悠地飘在我的眼前，我越在乎它们，它们越清晰。渐渐地，我意识到了事情的严重性。一直以来，我对自己身体的任何零件从不刻意爱护，可能是受人们常说的温室理论影响很深的缘故。身体疼痛的时候，我对自己说，让它去痛。痛只是一种症状，当痛成为一种习惯的时候，也许痛就不会让人那样难受了。我以为我这样做有一定的好处，以免让自己身体滋生一种娇气。

　　可是我的眼睛是越来越不行了。有一天在江边走，看到宽的江，远的山，我想，万一有一天我失明了，怎么办？有个人曾说我失明了他会带我过马路，给我做饭。可是他将如何帮我看这条我热爱着的江呢？这样的念头一冒出来，我便充满了恐惧，并带着这种恐惧换上了一副框架眼镜，尽管框架眼镜曾让我感到耻辱。谁也不知道，小学四年级的时候，也许是因为我的身体原因，我的近视已经很严重了。坐在第二排，根本看不清黑板上的板书。我不敢戴眼镜，怕同学们取笑我。我的数学成绩不好，数学老师也常当着全班同学的面说我看起来像个博士。我知道他的语意里充满了讥讽之意。可以说，四年级整整一年，我从没有抬头看过黑板。

曾有一个同学叫我四眼田鸡，我把他推下了石桥。他的脸上永远留下了印记。长大了，只要一见着他，他脸上的疤痕就像一只眼睛，冷冷地睨着我。我一见着他，老远就避开了。有时候避不开，他倒还会迎上来和我说几句，然而我总是提心吊胆，生怕他下句话就说关于我推他的事。它像一根长在我手里的刺，时不时地痛一下。

我也常想起另一个男同学来。

五年级的时候，班里来了一个男同学，叫李风。老师安排他和我同桌。他来了三四天后，我就发现他记笔记时总是读出声音。开始时我很高兴，因为我可以在他读出声音的时候，按照他读的记下笔记。可是老师总是提醒他，说他那是不良习惯，老师的理由很简单，如果每个人都在记笔记时读出声来，那课堂还不成了剧院？老师每次说他的时候，我都捏一把汗，生怕他不再读出声音来了。只是他沉默一会儿，不消两三分钟，又开始发出声音来了。

因为他长得难看，名字也怪怪的，不仅这样，他的左脑门上还长着一个疮，总是汪着脓和血水。同学们也取笑他。同学们取笑他的时候，我有时候也跟着笑。有一天，一个同学走在他面前，阴阳怪气地说，你爸妈都不要你了吧？周围的人都笑了起来，我也跟着笑了。但是随后我就看到他看了我一眼，然后低下头去。我顿时感到很冷，有一种穿过骨子里的寒冷。很奇怪那样小的我竟从他的眼睛里感受到了那种强大的力量。我立刻停下来，并且歇斯底里地叫了起来，不准笑。他们都停下来了，教室里顿时寂静无声。而且，他们都像木偶一样，连手里的动作也停顿了。我突然明白了他其实并没有边读边写的坏习惯，他是为了我，方便我记笔记才那样做的。

渐渐地，我从同学的嘴里知道他和他外公住在一起，他的父母离婚后又各自有了家庭，他们谁都不愿意养他。我常常看他一个人上学，一个人放学，默默地，像空气一样来去。下课了，一个人坐在位置上发呆，也不知道他在想些什么。期中成绩出来了，他的成绩特别差。脾气不好的数学老师气得暴跳如雷，劈头盖脸地骂了很多。最后，他在下课的铃声里做了总结：你这样的小孩怪不得大人不要你。我听到这句话的时候很为李风难过，转过头去看他，然而他却木木地坐在那里，脸上没有丝毫的表情。

下课了，同学们都像鸟兽一样散了，值日的同学挥起了扫把。在飞扬的尘土里，我看到他把头深深地埋进了抽屉里，他终于哭了。站在一边的我也忍不住哭了起来。他大约意识到了，在抽屉里擦干眼泪，理好书包，回家去了。我走在他后面，我看到他背对着下山的太阳，斜挎的书包一下一下地打着他的臀部，他的身影被拉得细长细长的。这时我突然觉得眼睛有些近视其实算不了什么。

当然只有笨蛋才会这样想。期中考以后学校里照例要体检。那天我把什么项目都检查好了，只有视力一栏还空着。快放学了，我一个人溜进教室，坐在空荡荡的教室里，我想，在那么多同学面前，我又要出丑了。我想起了上一次体检，因为我看不清第三行的字母，同学们发出了一声声尖叫，里面有嘲笑，有惋惜。我越想越怕，哭了。门开了，李风走了进来。说，老师在找你。我说，我不去了，我看不清。他停了一会儿，说，你去吧。我打手势给你看。他真的在离我不远的地方打着各种手势，这是唯一我的自尊没有受到伤害的体检。

听说那一学期的期末考试他考得不错，休学典礼那天他也来了。破例地他没把那只土黄色帆布包背来，而在手里提了个黑色的布袋。看到我，他的眼里亮亮的，说，我数学考了八十五分。我说，我也八十五。我笑了，他也笑了。他说，这个，给你。我接过，一看，是一包番薯干，剪成菱形的那种。他说，你吃啊，我外公炒的，很香的。没想到，开学了，他没有来，老师说他又转学了。

可是这样的香味一直弥漫在我的记忆里。有一天凌晨，我从乱梦里醒来。我想，快二十年了，我从来没有过他的消息。这样的呵护与关心，这样被宠爱着的感觉，我一直在寻找着，这些，只能成为记忆了。

老七皮匠

冬天的午后，靴子脱了段线，我拿到弄口上了线，回到家，祖母见了，转过身忙着擦桌子，边擦边道，要是老七皮匠还来就好了，再怎么不利索，也不会干这样难看的活啊。突然，她又停下来问了工钱，听了我的回答，她更急了，简直嚷了起来，啧啧，八块钞票，八块钞票！老七皮匠最多收两块，一块也不一定咧！

我只能笑笑，关于老七皮匠的活计如何如何好，很小的时候就听人说过。只是那时候并不懂得如何鉴赏，小时候也曾看到别的鞋匠进村了，挑着担子满村地吆喝，弄得田头地里的人都知道村里另外来了一个鞋匠。晌午时分鞋匠在小队屋门前坐定了，空空地一坐就是半天，并不见有人提着鞋子来。

　　我所说的老七皮匠，不知道他是因为在家里排行老七，还是因为他的名字里带有一个七字的音，而得了老七皮匠这个名号。这么多年过去了，在我的印象里，他始终是一个头发灰白的五十来岁的男人。他似乎没有年轻过，这么多年过去了，也没有再衰老。有一天我突然发现，身边十来岁的小孩不再叫我姐姐，而把阿姨叫得十分顺口，我才明白，人的记忆有的时候就是这样，容易出错，容易被一时的假象所迷惑。这一点，现在的电脑似乎更为实在。

　　有一段时间在路上总能碰到老七皮匠，他总是佝偻着身子，面朝着下山的太阳走在回家的路上。他往西走，我往东跑。我时常看到他十分小心地绕过我，其实是绕过我手里牵着的那些羊，跨一步，挪一步，再跨一步。有时候羊们并不听话，调皮地往他的担子上蹭一下头，或是用羊角顶一顶，他蓦地站住不动了。静静地看着它们，也看看我。我有些局促，拽紧手里的绳，用力一绷，羊们不情愿地拗过头来，回到我的身边。这时候他耸一下担子，迈开步子又开始走。等到他走过我和我的羊们的身边的时候，我似乎能听到他轻轻地吁了一口气，这声音久久地徘徊在寂静的村路上。

　　我回过头去看他，他也回头看我。他的脚在走路，两只脚不停地交替着往前迈，他的右手扶着右肩上的扁担，他的左手在甩，前后不停地甩，他的头却向后张望，是那样大幅度地扭过头来的张望。我看到他背后的太阳红红地顶在山梁上，他的头发被风吹起来了，在头顶上一簇簇地竖着。脸是酱黑的，大约是一年到头都在外面跑动的缘故。身上的衣服是深色的，轮廓上却镶了一道玫红的边。胸前那个黑色的皮围裙，在傍晚的风里，裙角一掀一掀的。但是我总疑心我在哪个电影里见过他，曾见过这样的他在黄昏时的特写镜头。这以后有一次在课堂里学了漆黑这个词，粗略懂得了漆与黑之间的关联，我便认准了老七皮匠该是老漆皮匠。

在路上碰到的时候他不怎么说话，大约是严肃的，有时候也浅浅地笑，有时候咧开嘴。我看到他镶着的两颗银牙，闪过冷光，特别是我的羊挡住他的路的时候，他的嘴咧得更开了，看到的冷光更让我害怕。补鞋时候的他却像是另外一个人，手脚灵活，表情生动而有光泽。

冬天的清早，村里的人刚打开家门，便发现他早已坐定在小队屋门前的一块空地上，铺开了摊子。人们拎来了要修补的鞋子，老远就呼唤着，老七皮匠！听起来像招呼一个刚走亲戚回家的邻居。他答应了一声，提起一只要补的鞋，一只手衬着鞋帮，一只手沿着鞋面抵一圈，再看看鞋底，完了，鞋子忽地蹿出他的手，在半空里一腾一翻，趁这当儿，他的两膝之间早已立稳了丁字式的鞋托架，鞋子落下来了，一只手接鞋，一只手在鞋托上早已候着了。剪皮，贴底，缝面，上胶，两三分钟，一只鞋就补完了。

冬日暖暖的太阳下，我和一些小孩在老七皮匠的旁边，蹲着看他利索地干这些活。他从不打一点疙瘩，这让我们很佩服。看着他在旧的自行车内胎上剪下一小块橡皮红的皮儿，巴望着他能剪得更大些，而把太大的部分剪下来废弃了，我们可以捡来做一把弹弓。但这样的机会是没有的。他的剪刀在轮胎上走了一圈，往鞋面上一合，刚好。我们渐渐地失望了。他停下手里的活，抬起头来看我们一眼，在内胎上方方正正地剪下几小块来，一个人一小块，让我们伸出手来，然后郑重地放在我们的手心里。我们雀跃着，哄散了，只留下老七皮匠一个人埋着头，不停地剪，贴，补。

现在想起来，真的以为老七皮匠还会来。在放学回家的路上，在我赶着羊群回家的路上，他挑着担子走过我的身边，担子大约是沉重的，扁担在他的肩上一沉一沉，在泥土路上拉得长长的身影黑乎乎的,担子的影子却跳跃着。我的羊们走过去了，一路咩咩地叫着，七零八落地撒下一些羊粪来。

这些，大约就是过去的日子了。

飞过虹赤上空的飞机

阿寿婶，全村的男女老少都这么叫她，她是瘸子阿寿的老婆，谁也不知道她的名字。她身材高大，皮肤白皙，她常梳两条辫子，在发梢处，又把两条辫子绑在了一起。走起路来颇有摇曳的风姿。阿寿婶很少打理家务，也许是因为她有一种时哭时笑的毛病。有时候她在你前面好好地走着，突然，毫无来由地哭了，哭得惊天动地，叫爹，叫娘。哭完了，找一块石头坐下来，凄然地坐着。不过这样的时节多在三四月，菜花黄时。

她待我倒是不错。有时候她一个人坐在我家屋檐下的石板上，看到我，向我招招手，我不太情愿地走过去，她给我一个剥了皮的番薯，或是半个玉米。我接过来，不敢吃，回家悄悄地放到灶台上，总觉得她的东西里有一种神秘之气。有一次，我一个人在屋后的断墙根拔凤尾草，远远地看到她走过来，想躲，却来不及了，只好硬着头皮，继续拔草。她踱到我的身边，突然猫下腰来，问，你知道我有很多宝贝吗？我马上摇头。她哈哈地笑了起来，道，我就知道你不知道。我家里有很多袁大头呢。我拔腿就跑，生怕她又大哭起来。

晚上睡觉的时候我问祖母袁大头的事。我祖母听了，说，这倒说不定真有。这一回我很稀奇，想再问点什么，被祖母支吾着打发了。

深秋的一天，乡里的邮递员到村里打听一个叫蒋迪琼的人。大家围在一起想了很久，一致说，我们村里没这个人。邮递员疑惑地摇着头，说，明明写的是这个村的人，总不至于汇错了钱。一听汇钱，大家更确定了，这个小小的村子里，没有人在外面工作，更没听说有人汇过款。村里人都建议把汇款通知单放在村里的小店里。

有天傍晚阿寿婶去小店里打酱油，她拿起酱油提子的时候，看到了那张写着蒋迪琼名字的汇款通知单，通知单上落满了酱油深红的印渍。她看着看着，突然，猛地大哭起来，叫爹，叫娘。正在扫地的阿根摇着头说，作孽啊，又犯病了。在场的几个老人也都摇头叹息。阿寿婶哭完了，哽咽着说，这汇款单是她的。

到了晚上，有人给阿寿婶汇钱的事在村里传得沸沸扬扬。原来，阿寿婶就是蒋迪琼。更重要的是，这笔汇款来自英国。阿寿婶有一个在英国的哥哥。

又过了一阵子，听说阿寿婶在英国的哥哥要来看她了。我问祖母，英国到这里要走几天？祖母把目光投向了正在做作业的哥哥。哥哥抬起头，说，英国是走不到的。我问，为什么？哥哥抬起一只脚跺了跺地，说，英国在我们的脚下。我更疑惑了，说，那阿寿婶的哥哥怎么来？我哥说，坐飞机。飞机怎么坐呢？我又想问，看到哥哥不耐烦的神气，只好把话吞了回去。

我只看到过几次飞机，飞机在很高很高的天上，像一只大一些的鸟。我想，阿寿婶的哥哥坐着飞机来了，飞机飞到我们村子上面，或者飞到虹赤中学的操场里，大家一起架起一架很长很长的梯子，他就从梯子上走下来。我哥曾经告诉我，飞机是不能碰到泥土的，一碰到泥土，飞机就会爆炸。

冬天过去了，阿寿婶的哥哥却没有来。我们渐渐地忘记了这回事。几阵风一吹，马兰头慢慢地绿了。我那天正剪了马兰头回家，走到门前，看到阿寿婶正坐在石板上，头微微地向后仰着，靠在墙上，双手交叠着放在膝头。她看着我走近了，把一只手拢到嘴边，说，告诉你，我要去英国了。我没敢搭理她，很快地闪进了屋子。

我没想到阿寿婶对我说的是真的。清明过后的一天，乡里有人找到阿寿婶，送来了一张去英国的飞机票。村里人见到阿寿婶，笑着说，要去享福了。阿寿婶笑了，大着嗓门叫一声，去英国喽。

阿寿婶去英国后的第二天，我放羊回家后，远远地发现我家门前的石板上坐着一个人，像极了阿寿婶。只是她穿着的那件猪肝红的薄呢夹衣，我从来没有见过。我犹疑地走近她，她还像往日那样，头靠在墙上，双目微微闭着。她没有发现我，我的小羊走近她，舔舔她放在膝上的手，她睁开了眼。我祖母从门里出来，惊得把手里的抹布放进了口袋。过了好久，大声问她，你怎么没去英国啊？她这一次很少有地拉了拉衣服，说，飞机，飞机，我以为，总会有一根绳子吊着，让它飞。我祖母很奇怪地问，难道没有绳子？阿寿婶摇摇头，一副很可惜的样子，说，根本没有绳子，那么大一个东西，让它自己飞，肯定会掉下来的，又不是一只麻雀，轻……

　　现在，阿寿婶和我的祖母住得很近，我是指她们的坟墓很近。我祖母一定知道，后来有一天，我在去剪马兰头的路上，阿寿婶拦住我，问，你知道我为什么不去英国吗？我又摇摇头。阿寿婶说，我怕我回不来了。她说这话的时候，我看到阳光把她的身影拉得很长很长……

风炉上的腌肉春笋

　　我以为，风炉上炖着的腌肉春笋，是能勾人魂魄的。春天可以吃的山珍有很多，但是，我觉得最让人牵肠挂肚的，还是腌肉春笋。有一年春天，正是春笋可以上桌的时节，我去外地住了十来天，每天惦念着腌肉春笋。这道菜，我在外面的饭店里点了很多次，或者没有，或者依葫芦画瓢地做了，完全没有这个味儿，很有一种东施效颦的感觉，没有灵魂。匆匆赶到家里，到家第一件事就是问问还有没有春笋，母亲告诉我，春笋早已下市了。我遗憾了一个春天，甚至，到现在还遗憾着。这些时令的蔬菜就是这样，它有自己的成长日历，它不像人，可以等着你，可以惯着你。

　　我吃过很多腌肉炖笋，能在记忆中飘着香味的，还是我母亲炖的。我母亲做的腌肉炖笋，不是在煤气灶上炖的，也不是在柴火灶上炖的，她是用风炉炖的。我以为，美食需要的不仅仅是上等的食材，还有锅器、餐具，以及有故事的厨师和就餐环境，这些才是美食的灵魂。

母亲的风炉很小，是她自己糊的。远看是一个黄色的泥墩子，像火熜那么大，小时候的我，用手一抱，也能抱起来。中间凹下去，大约一指深，就伸出几根铁做的小栅子，用来放木炭。栅子下面是空的，燃烧后的木炭化成了灰，落到了这个灰槽里。这个风炉不用的时候，一直在灶间窗下墙根安静地蹲着。到了节日，或者春笋上市的时节，母亲一早把它搬到香泡树下，它便躁动起来了。

生风炉是我喜欢的事。仲春的早晨，我搬一个小板凳，先把灰槽里的灰拨空，捧几捧木炭放在隔栅上，再往灰槽里伸进一束绞成一股的纸，我们把它叫作媒头纸。我一直觉得媒头纸这个名字，很有味道，取这个名字的人，一定是一个博学多才的人。它像极了吃中药时的药引子。等隔栅里冒出丝丝缕缕青蓝的烟，火苗微微地透过乌黑的炭摇曳着时，我便用草扇不停地扇，不一会儿，木炭便猩红了。

生完炉子，母亲便端来了一个钵，它呈倒圆锥形，棕褐色，上面是一个精巧的木盖。掀开木盖一看，上面铺着一层肥腌肉，像四方腐乳那么大，底下是雪白的春笋，仿佛还有一种甜香。好吃的春笋是长在黄泥地里的。清明前后，下过雨的早晨，山上的黄泥地上就裂开了很粗的裂缝，微微地凸起，有经验的人就可以挖出很大的黄泥笋。大的及膝高，顶上呈明黄色，笋壳上有微红的小绒毛，根部是婴儿手指般粗细的根须，这样的笋我们称它为黄泥毛笋。虽然，春天的时候漫山遍野都是笋，但真要找出几棵可心的，也不是一件很容易的事。有时候，越多，挑选的余地越大，真正能挑出上品的也越难。

有一年春天的早晨，正在熟睡的我被敲门声惊醒，我起床打开门一看，我父亲正喜滋滋地站在我出租屋门口，肩上扛着一棵上好的黄泥笋。我尖叫起来，这么好的笋。父亲看到我的喜悦，更兴奋地说，快，趁新鲜，给你领导送去。我乐滋滋地和父亲一起去了。到了领导家，敲开门，看到了一双惺忪的睡眼，我们说明了来意。领导的夫人努努嘴，平静地说，放下吧。我看到父亲把笋放在大门边，搓了搓手。领导走出来，寒暄了一下，对他夫人说："今天太阳好，你等一下把它晒干吧。"我和父亲听了这话，对望了一眼，我想说话，父亲拉着我的手，示意我不要再说话。临走的时候，领导的夫人用脚踢了一下这棵父亲凌晨四点多从山上挖下来的笋，淡漠地说："你们下次过来玩。"回来的路上，我一直不说话，父亲也没有说话。我们都在惋惜着，这样的一棵笋，最终，却被晒成干。这简直就是暴殄天物。我到现在想起来，还想把这棵笋要回来，如果，时光可以倒流的话。

炉子里的炭火旺起来了，渐渐地闻到了香味。这样的香味，和着乳白的蒸汽，一点点地袅袅婷婷地蒸腾。看到我家的大黄也在树下，蹲着，风炉上的钵沿上，噗噗地冒出一阵阵热气了。

下辑 落在天井里的雨

溪水里的童年

　　我常常庆幸我的生命里有溪这个名词。水以泉、溪、江、河、湖、海的形式呈现在我们的面前,其中溪和泉是我最喜欢的方式。江、河、湖、海在我的童年里是很少见的,那是一个遥远的梦,是一种传说。有时候我觉得这些并不存在,而溪却确确实实地存在于我的生活中。

　　我童年的溪已经不再深邃了,我听说过很多关于这条溪的传说。堂爷爷有一次在乘凉时对我说起这条溪的往事。他说,这条溪里有很多很多很大的鲢鱼,有七八斤重,也有甲鱼。有一次放闸时,我就捉到过一只,脸盆那么大。他用手比画了一个脸盆的样子。我听了,很神往。不知道为什么,我对水里的生物特别感兴趣。鱼、虾、蟹,我总认为这些是自然给予我们的礼物。我甚至非常羡慕堂爷爷他们那个时代。他说，那时他们可以用游丝网去捕鱼。对于一个只见过拇指大小的鱼的人来说，这无疑是一种很大的诱惑。

童年的我待得最多的地方就是溪里。我的脚底到现在还留有一个长约两寸的伤疤，摸上去中间硬邦邦的，像一条山岭。这是七八岁时，我在小溪里捕鱼时被玻璃割破的。当时我看到了一条食指那么大的石斑鱼，正摇头摆尾地向我游来，它棕色夹杂着米色的鳞片上闪烁着一种银色的亮光，它的身体半透明，身体上美丽的花纹令我着迷。它离我手中的竹畚箕越来越近，我的心快要跳出来了。可是，突然，它一转身，游向了另一方。我猛地扑了上去，脚底下却传来了一种撕心裂肺的痛，我来不及提起那只脚，水面上就殷红一片。我哥看到了水面上的血，大叫起来。溪岸上闻讯而来的母亲铁青着脸色，几乎哭着跑向了我。在弄清楚我只是脚上被割了一条伤口时，她收起了哭音开始数落我的不是。

我被她带到赤脚医生那里，忍着痛，由着医生用针穿过我的皮肉，我不敢哭。生怕这次哭了，以后会给大人们留下话柄——再也不能去溪里捉鱼了。这次抓鱼让我足足损失了一个暑假，我只能眼睁睁地看着哥哥和表哥他们在溪里欢笑。他们回来时拎着一桶鱼，再放几只螃蟹在我面前显摆。

我每天偷偷拆开纱布看我的伤口，很希望有一天早晨我醒来，母亲给我换药的时候告诉我，已经不用再包着纱布了。可是，有一天，母亲告诉我，我的伤口发炎了。发炎意味着溃烂，溃烂意味着需要很久才能痊愈。在那个缺医少药的年代，我们的身上长一些疮疤其实是常有的事儿，也常常用草药来敷，可是伤疤发炎了，就不再是一件小事。于是我常常被母亲扛着去赤脚医生那里打青霉素针。打这种针不知道为什么特别疼痛，有时候还没打心里就直打哆嗦，缩紧了肌肉。那个时候赤脚医生就略带埋怨地说，放松放松，你这样针头会断在肌肉里的。我很怕，我的肉里怎么能够断一根针呢？这样的日子折磨了我很久。这个夏天就这样被一片玻璃和一条狡猾的鱼扼杀。

　　这是我在那个夏天最深刻的记忆。其实，还有一些美好的记忆也被我在这样的夜晚再次打捞。现在，月亮就在我的头顶上挂着。我想起了那些夜晚，我们打着手电筒，穿着塑料凉鞋，拿着水桶，去溪里找那些乘凉的螃蟹。我们把这里的螃蟹叫作石蟹。白天，它们一般都躲在石块底下，或者水里；到了晚上，它们悄悄地爬出来，到岸上放放风，看看世界。我们四五个人沿着溪滩悄悄地行进，看到螃蟹，慢慢地蹲下去，按住蟹背，拇指和食指分别按住蟹壳的两端，并把它抓起。它舞动着爪子，想要挣脱，但无论怎样努力，都无济于事。嘴里无奈地吐出很多小泡泡，我们却"扑"的一下，投篮似的远远地把它扔进桶里。

　　夏天的夜晚，小溪里的水很凉。月光白晃晃地照着我们，我们手电筒的光是白晃晃的，溪滩上一片白石头，水面上也是白晃晃的。我们偶尔对话几句，偶尔笑几声。周围却是寂静的，山脚下的树丛里间或飞起一只不知名的鸟，嘶哑地叫唤着，扑棱着直刺天空。那真是一个又一个清凉的晚上。

　　这样的晚上也会遇到意外，比如蛇，或者一些小的野兽。那些野兽还没等我们看清它们长什么模样，只撒一道绿光，就嗖的一下消失在了我们面前。蛇会慢些，常常在我们的面前逶迤而去。如果我们没有被惊吓到，蛇走蛇的，我们走我们的。也有特殊的情况，有一次建亮走在前面，突然他大叫起来，扔掉了手里的水桶，我看到满地的螃蟹乱爬，然后他指着一条在水面上飞速而去的蛇叫着，我踩到了，我踩到了。我们围上去，建亮在手电光里的脸色，那样惨白。说，那么软，那么软，那么软。说着说着，我们都笑了。我们知道那是一条水蛇，水蛇是无毒的，让它咬一口也没什么大碍。但是那些四散奔逃的螃蟹，一只一只地把它们捡回来，费了我们很多时间，还有很多已消失得无影无踪。

抓回来的螃蟹用面粉糊炸着吃，那真是一道人间美味。抓螃蟹的时候喜欢挑大的抓，吃炸螃蟹的时候更愿意吃小的。把螃蟹去壳去鳃，放入调好的面粉糊里转个身，放入沸腾的油锅里，等到螃蟹金黄了，捞起来放入盘子里。我们几个孩子就这样坐在一起，馋虫似的嘎嘣嘎嘣地咬着，这是无与伦比的幸福。大人总是一边责骂，一边给我们做这些美味。童年的夜晚，他们的责骂和手里不停的锅铲，像那些青蛙的叫声一样，准时地出现在夏夜的星空中。

白天的小溪比夜晚的要轻松奔放很多。庙前的水潭叫圆潭，因它的形状而得名。操场后面的水潭叫长潭。圆潭的水深，但是水域面积很小，圆潭靠山的那一边有一块很大的石头。它像一块跳板似的横长在山上，男孩子们常常在那块石头上纵身跳下，溅起很大很大的水花，发出巨大的响声。女孩子们在旁边发出一阵阵欢呼声。我常常站在水里，看到他们像炮弹似的落到水里，有些怕，有些激动。他们从水里钻下去，过了好久，在出水的那一边乌溜溜地钻了出来。

长潭很长，有一米多深，大人们愿意让自己的孩子在长潭里玩。下午两点多，我们就不停地看挂在堂前的那只座钟。真希望它走得快一些。家里的老人不允许我们在水里泡太久，给我们规定太阳下山才能去洗澡。这样闷热的下午是非常难熬的，灶前的桌子上还摆着午后刚煮的南瓜，祖母刚刚喂完了猪食，我们就拿上换洗的衣服，坐立不安地在门前打弹子。有时候趁大人不注意，溜走了，边走边大声叫，我们去洗澡了。我们把洗澡和玩水等同起来。我想，如果说玩水，大人是万万不肯的；说洗澡，大人还会同意。也不知道最终是我们骗了大人，还是大人们一直在装聋作哑。不知不觉间，天快黑了，渐渐凉下来的空气里，传来了此起彼伏的呼唤，都是叫人吃饭的声音。鸭子们也嘎嘎地叫着上岸了。我们乌紫着嘴唇，战战兢兢地走在回家的路上。只留下这条小溪，向夜晚的宁静走去。

打量上臧的九种方式

1

老臧的竹竿在蓝天里舞动。三五个香泡像是喊了"一二三"一样，一齐金黄地跳落。

老臧抱一个在怀里，立在院子中央，仿佛是满怀的钱财。他低下头去闻了闻，正午的阳光打在他的前额、鼻尖上，他的眼睛眯着。他递给我时，带着殷勤和上臧村人特有的练达。我抱着，站在香泡树影里，抬头看香泡树上缀满的香泡（香泡当然也是有学名的，叫香橼，上臧村人自然不会这么叫）。

老臧的房子已有些年头了，他只偶尔回来两三趟。他在富阳城郊经营一个颇具规模的苗场，那里有桂花树、肥皂树和红豆杉。他每天侍弄着这些树，请人帮它们修枝剪叶、施肥。他说肥皂树是各类树种里吸附二氧化碳最出色的。他在自己的苗场里也养鱼，搞农家乐。草鱼，鲫鱼，白条，那里的鱼带着泥土的味道，不能和湖源溪里的鱼比。

令我一直疑惑不解的是，老臧为什么要抛下这个山清水秀的好地方，去雾霾笼罩的城边上折腾那些玩意儿。唯有老臧红黑的脸上，还停留着对湖源溪的些许柔情。

只可惜，上臧村不需要肥皂树。

2

我看到六七只鸭子在水里闲聊，它们伸缩着脖子，在水面上自由地穿行，也许是一家，彼此不时地用扁嘴梳理一下羽毛。稍小的一只，偏过脑袋，努力地想要挠翅膀根的痒处，一不小心，栽了个跟头，差点把自己吓坏了。另外两只，伸长了脖子往水里探，整个屁股戳在空中。一位作家对鸭子有过更为传神的描写："……将头颅深插入水里，一个劲地翘着尾部，仿佛不将水底里的某种东西掏个究竟，这就跟它们没完没了似的。"

这是一位我见过一面的作家。当时只觉得她滔滔不绝，对她的才华充满疑惑。后来听说她突然去世了。仅仅两三年时间，我几乎已完全地将她遗忘。

是眼前的这些动物唤醒了我的记忆。鸭子身上那些条状的褐色斑纹里，似乎刻写着一部无法翻译的铭文或回忆录。

3

据说这个村里大部分村民姓臧，是几百年前一位臧姓官员的后裔。这位官员曾经陪同皇帝寻访富春江一带的严子陵垂钓处。他们到达湖源一带，看到这里的山水，这位臧姓官员决意在这里安享大自然的宁静，于是在这美丽的地方定居并繁衍后代，形成了现在以臧姓为主的上臧村。

这样的荒村野史更像是传说，并未见于任何志书。这种口述的历史允许它们互相混淆、变形，甚至仿写、抄袭，读者一般也能心领神会并且予以宽宥。乡野间的许多版本是不能计较的。但我仍然更愿意信任口口相传的民间记忆。"臧"这个姓，组成这个村落，或有一种更隐秘的含义，更像是"藏"。查字典可知，"臧"的一个基本词义为：善，好。中国的那么多姓，似乎，都比不得这个姓所表达的意义。

几百年了，星星就一直这么照耀着上臧村。猫曾经从上臧村屋顶的那些瓦片上蹑过。星光洗过的原声唱片，有一根秘不示人的唱针。

4

绵延曲折的湖源溪，到这里拐了个大弯。溪水流至村后的山下，蓦然开阔。一汪墨绿蓄在深水处。

老臧在三十几年前曾爬到对岸山腰的石板上，从十几米高的地方纵身跃下。这样的绝技必然带着别人的喝彩与自己的心慌，却不需要经过训练。这是乡村对一个少年的触摸，由轻微的疼痛开始，纯粹而喜悦。水是柔软洁净的，于是，石板鱼在柔软里穿行。

在岸上，抬起手臂，只需一个手势，小拇指粗细的鱼群就可以改变方向。手臂向左，鱼群向左。手臂向右，鱼群向右。这是光影给鱼群的信息，好比，风给云的信息。这种极其敏捷的鱼，猛地一侧身，眼前似银光一闪，耀眼的，眨眼间便不见了踪影。

有人在溪里捶打衣服，水的那边，也传来了捣衣声。"长安一片月，万户捣衣声。"上臧村不是长安，今天也已经不是唐朝，万户捣衣的壮观当然只能想象。但这样三三两两的捣衣声，却更显凛冽、清澈。

5

上臧的天空不大，就在山与山之间。山决定了天空的大小。天空里的云简单，薄弱，缓慢地走动。云没有骨架。天有时很蓝，蓝得很厚实，很透彻，很纯粹，就像一块蓝玻璃，愿意切割，就可以切割。

初冬时节也起雾，雾总在几米开外。雾是一只午后的猫，慵懒而毛烘烘地蜷伏着，有时猛地一跃，不见了，阳光出来了。

6

我一说话，水的那边，山崖上，就传来了声音。清晰，却带着袅袅的余音。抬头一看，眼前的水，宽阔，安静地流淌着。百米开外，是一座低矮的山峰。才明白，那声音，竟是我自己的。

晚风吹动溪滩上大片大片的芦苇，摇曳起伏着，宛若层层雪白的波浪。太阳已渐渐地隐去，这些芦苇的草叶，却散发出一种柔和的光来。看到风在微光里隐隐走动，拂向每一枝芦花，微红的叶片轻轻地摇曳着，整丛芦花都舞动起来。起，伏，或抬头，或颔首，这些秋天的芦苇的丰姿，有着古典少妇的美妙。

7

村后的几棵树，枝干遒劲，叶片丰茂，黑黝黝地遮蔽着大片的天空。树下的空气里，隐隐地浮游着樟木的味道。

树下有人在烧稻草，青色的烟被风吹散，一股草木特有的清香沁人肺腑。

听老臧说起过此地的特产灰汤粽，在富阳可谓绝无仅有，据说就是用稻草灰浸泡制作而成的。具体步骤：将稻草灰装入布袋，然后将袋子浸水里半天，最后将糯米放入灰汤中，再包裹成粽子。老臧描述，灰汤粽入口绵软细腻，有草烟味。

西晋周处（236—297）所撰的《风土记》就有"俗以菰叶裹黍米，以淳浓灰汁煮之令烂熟"的记载。看来这灰汤粽也算得上中国古代的一大发明。

8

上臧村只剩下应该剩下的人了。村里人说，大家都到城里去了。

比如老臧，还有他的老婆、孩子。

他说这句话的时候，是淡然的，并没有我们想象中的苍凉和惋惜。废弃的庭院里，疯长着蛤蟆草、地衣和不依不饶的苍耳。一条懒洋洋的蜥蜴爬过，像一把尺子在丈量光阴的长度。

村子中有几间零落的房子，都已有些历史了。走进院门，墙角的芭蕉颀长，干净地立着。抬头看时，竟能看到一种半透明的绿，隐隐地泛着天光，充满了绿的鲜活与明亮。它的叶片宽大，颇有西游记里那把铁扇的气势，这样大叶的植物非常少见。这也是生的一种魄力吧，尽管这一切还是显得过于冷寂、凄清。

9

村里人还告诉我，上臧村明年也要搞农家乐了。不知怎的，我的心绪一时竟然有些黯然。

我怕浩浩荡荡的城市猎奇者会搅扰了这里古老的寂静。在鸭子和石斑鱼的领地里，我们或许都是侵入者，是不速之客。我们不可能真正进入上臧村。

我能做到的只是远远地打量。

不过，想到背井离乡的老臧或许会因此而回到老家，不免又有几分庆幸。

　　我不敢忘记老臧抱着香泡，站在院子里时那份赞美诗般的神情。香泡的馈赠是大的，那里面收藏了阳光和雨水，以及大自然的呼吸和心跳，土地的恩情。

桥

儿子从什么时候开始对桥感兴趣的，我倒真的记不起来了。只记得他最初会说一个字时，他能说门、桥、钟这样的事物。后来，每次看到有护栏的地方，就会说，桥。护栏长一些，说，大桥。护栏短一些，说，小桥。搭积木时，把积木排成长长的一条，对自己说，桥。有时候我帮他架一个桥洞，他欣喜地看着，说，桥下有水。

昨天和他玩游戏，他在水泥地上开工程车，我说，我们来造一座桥吧。儿子听了，两眼放光，脱口而出，茅以升！我听了，比他还兴奋。前段时间给儿子讲故事，讲到茅以升主持建造钱塘江大桥，没想到他已记住这个离他很远的人物了。

我建议儿子把八仙桌的长凳拼接在一起，造成一座长桥。

儿子听了，噔噔噔地跑去，很卖力地一次次拖，拖来三条长凳，放好了，左看一眼，右看一眼，说，好长的桥，好幸福。于是，四处去寻找他的车队——墙角的赛车，积木桶里的消防车，桌底下的警车，还有脚边四脚朝天的工程车。一辆辆地放在所谓桥上。有时单独开一辆，有时车队一齐开——其实是推，最后一辆推着前面几辆。他乐呵呵地使唤着这些车子，从这一头到那一头，调头，再重复走一回。

我看着眼前的他，那样明净的笑容，那样投入专注的眼神，顿时涌满了幸福感。我对儿子最大的期望，就是他能充满幸福的感觉。其实我很清楚幸福从来就是一种自我定义，而不是任何人给予的。就像他刚才所说，好长的桥，好幸福。最近一次带他玩，一天里走了富春江上的三座大桥——场口大桥、鹿山大桥、富春江大桥。我不知道他喜欢桥的哪个元素，或者，只是对新鲜事物的一种认知。但我确实感觉到他在桥上时的兴奋的感觉，以至于车子从桥上开过了，他会用很遗憾的神态说，桥没有了。

可我一直认为现代的桥没有一点美感。不但如此，反而还有大煞风景的感觉。桥下往往是水，深的，浅的，清的，浊的，总是柔媚的，但现代的桥往往是生硬的。有一次月半对我说，春江的石珠坞，你们真该去看看。我马上动身了，去了，对那里念念不忘的是那座小小的拱形的桥，轻盈地卧在小溪上。桥并不古老，旁边的树并不大，但还是充满了小桥流水人家的韵味。我对于桥的最美好的印象，应该是在嵊州的一个书院。也许是因为那一天苍茫的天气。我们从书院的后门走出，一眼看到一座拱形的桥，桥已废弃多年了。桥身很高，从圆形的桥洞里到远处青黛的山，有洁白的云雾缭绕着，竟有一种异域的味道。

当然，桥的存在并不仅仅为了美感，更重要的是功能。每次看到儿子很遗憾的样子，我就想，等哪一天，风很轻，云很白，带着儿子和家人，一起到跨海大桥走一走，看蓝的天，蓝的水，更重要的是那里有那么长的桥，那样一直在路上的感觉，应该很好。

进出棺材

　　那时候我经常从棺材里爬进爬出。说是棺材，其实，也真的是棺材，只不过，没有真正地起到过"棺材"的作用。那口棺材是祖母为自己定做的，以备"老去"之用。我依稀记得很小的时候，我在满是刨花木屑里玩耍的情形，那些刨花，就是做棺材留下的。算算时间，大概过去三十几年了。我八九岁时，我祖母说，风，今天晒谷子。我说，好。那时我正是灵巧的时候，身灵巧，心也灵巧。我很喜欢这个老人，她说的，我都愿意配合。祖母说的谷子，就藏在棺材里，棺材放在楼梯下，一个不占位置而少有人注意的地方。那时家里的稻谷收割了，一部分碾成新米，余下的，都要收藏起来。藏在哪里呢？谷柜里满了，大篓子里也满了，还有几个坛坛罐罐，也装不下多少。祖母看着几麻袋谷子发愁，母亲走过楼梯边拿煤炉，顺口说，实在没地方放，就放棺材里喽！祖母看了她一眼，面露喜色，说，班丰人，就是聪明。不知道为什么，我祖母对我母亲，总是用很欣赏的口吻夸奖她。祖母所说的班丰，是一个地名，是母亲的娘家。不知道的以为那是一个遥远的地方，或是一个最起码在县市地图上有标注的地名。事实上，它小得不能再小，离我家，走路也只要个把小时而已。

于是，我家在村里开了先河——用棺材存放稻谷、麦子，或其他。到了收获的时候，我们把棺材盖子支起来，一畚箕一畚箕地往里倒，收获得再多，这个两米多长，一米多深，七八十厘米宽的大柜子足够装了。往里面放粮食很容易，但是，梅雨季过后，要想翻晒一下，那就难了。

我们得爬进棺材里，在里面把畚箕装满了，递给外面的人。谁爬进棺材里呢？祖母看看我，说，风，你爬进去。我毫不犹豫地说，好。我看着这个有着暗红油漆的大家伙，搬过一张竹椅子，一脚就踩上去了。然后张开双手，对祖母说，你抱我进去。祖母把我举起来，放进棺材里。那真是一个美好的地方。脚下谷粒松软，我的脚时不时地往更深的地方下陷，一阵阵粮食的香味扑面而来，伴随着木头的味道，让人感觉那么富足。我一畚箕一畚箕地装满，双手托举着给祖母，祖母接过去，装满脚箩挑到晒谷场去。

有几次，祖母累了，她坐在棺材外的椅子上，我躺在棺材里的谷粒上。祖母轻轻叹气，我问，你为什么叹气？她说，以后，我们就会换过来，你坐在外面，我躺在里面。我说，其实，这里面很好，很舒服。祖母说，好，听你的，很舒服。我以后睡在里面会很舒服。

我们就这样一年几次地打开棺材盖，往里面存取粮食。我总被祖母抱起来，举过头顶，放进去。她站在椅子上，我被她从里面拎起来，抱到外面。在我眼里，它就是一个大柜子。可是，在我祖母眼里，它不是。

那是什么季节？深秋吧？我半夜醒来，听到"砰砰砰"的声音，我问，阿婆，什么声音？祖母说，没事，我在敲板壁。我说，为什么？老鼠咬棺材偷谷子。我答应着入睡。这样往复了好几个晚上。有一天凌晨，我醒来发现祖母不在床上。我在棺材边找到她，她看到我，说，老鼠咬我的房子。我说，咬棺材。她说，咬房子。她接着说，我的房子它也敢咬。她是一个柔和的人，我从没有看到过她用这样的神色说话。她坐在暗红色棺材边守着老鼠，愤愤地说话的这一幕，竟然永远地刻在我的记忆里了。

老鼠没被抓住，也不知道是一只还是几只。冬天来临的时候，家里来了木匠，给棺材打了补丁。老木匠说，见到过修桌腿的，补米桶的，从来没补过棺材。祖母好菜好饭地招待他，说，你得把我的房子补得牢固些，我以后躺在里面也安心些。老木匠呵呵地笑着，仰起头，喝下一口土烧酒。他们谈论的那口棺材，在现实的世界里，陪伴了祖母近三十年。

下辑　落在天井里的雨

偷

　　早上还没睁开眼就听到了外面雨篷上的滴水的声音，想到了赖床。赖床需要理由，虽然是给自己的。于是翻开了枕边的书。书里契诃夫说偷盗是罪恶的事。我这时也想起偷来。

　　一说到偷，总想起电视镜头里的小偷们猫着腰的样子，甚至想起猫们优雅的步子，这大约与声音有关。还有眼神，那种一扫而过的眼神，畏光，用张爱玲的话说，比如近视眼脱了眼镜，仿佛在大众面前脱光了衣服。众人目光如刀，目光审视到哪里，哪里的肉体就向内缩几寸，还不出血。

　　可我见过的一次偷却全然不是这样的，或许这也算不上是偷。只是几根茭白而已！那时候我的父亲是个代课老师，家里因为母亲的两次大病而负债累累。于是他们想到了赚钱——用农民固有的方式。

现在我还记得那个黄昏有人推开我家的门，走到灶台边对我祖母说，你家阿新带信来，让你们去接他一段。他走不动了，挑了一担茭白，还在新关呢。

祖母和母亲两个人都去了，留下我和哥哥坐在门槛上。他们回来时，我在门槛上睡着了。我睁开眼，看到父亲靠在椅子上，头上冒着热气，不说话，一句话也不说。这是我对疲劳的最忠实的理解。母亲对我说，卖茭白的钱给你和哥哥读书。我就天天到茭白田里去，看茭白长大。第二年出茭白时，我一走进茭白田，马上就被茂盛的叶丛淹没了。我想象着开学第一天就拿着钱去上学的样子，再也不用慢慢吞吞地走到老师的身边说学费要过几天才能交。傍晚的风一阵阵地吹过，一人多高的茭白叶发出沙沙的声音，绿色如海洋一样汹涌着。

到现在我还清楚地记得那个人的样子。平常我是尊敬他的，他是一个忠厚的人。那时我正在茭白丛中出神地看着从头顶上飞过的小鸟，当我发现他的时候，这个偷茭白的人就在我前面几步远的田埂上，双手插在口袋里。他的目光新奇而欣喜，接着，他又向前走了两步，大约是看准了一个白而胖的茭白，弯下腰去。咔的一声，那样清脆，似乎是金属碰撞才有的声音。等他站起来时，透过层层叶片，我看到一个肥白的茭白就在他的手上了。他伸长脖子，把茭白拿到鼻子底下，用力地嗅了嗅。我的呼吸粗重起来，心扑通扑通地跳起来。他再蹲下身去，我看到叶梢在扑动，像被风吹乱了一般，可再也没有听到那样清脆的声音。

他向我这边走来了，离我越来越近了。我听到脚在泥水里

下辑 落在天井里的雨

拔出来的声音，那种声音，像夏天雷雨来临时，青蛙烦躁的叫声。沉闷的，孤寂的一声。我的心跳得更厉害了。更要命的是喉咙发痒，我多想响亮地咳嗽一声。可是我弄出声音来了，他看到我了该怎么办？——多难为情啊！我就这样一动不动地看着他，真害怕心跳的声音惊动了他。

他终于出现在我的面前。直起腰来的时候，他看到了我，那时候他已拖着一大把茭白了。他吓了一跳，手里的茭白有几个散落了，跌到浑水里，只露出一个尖白的头来。他看了我一眼，讪讪地笑了一下，说，晚上没菜哩。我转身就想跑，向茭白丛深处跑。我终于跑起来了。茭白锋利的叶梢割过我的脸，我难过极了。最难过的是，我看到了他在偷茭白，他平常可是一个忠厚的人啊！这是一件多么可怕的事。可田里到处是水，脚下是半膝深的肥沃的淤泥。一只脚拔出来，另一只脚却深深地陷在了里面。我终于劈面扑向了泥水，一个个茭白在我眼前一晃而过，它们绽开了青绿的衣叶，向我扑来，压来。

我被他挽起来了，我的手里紧紧地抓着大把茭白叶，手被割破了。他说，回去吧，我带你回家去，你的身上都湿了。他把他手里的茭白塞到我手里，把我带到田埂上。

月亮已上来了，像一枚剪纸，贴在蛋壳青的天上，仿佛一阵风，就可以把它吹走似的。天却还亮着。他走在前面，我在后面跟着。刘海上的泥水不住地滴到我的眼上，脸上。有人走过身边，他们问我，掉田里啦，冻死了，走快点。他沉声说，她大概滑了一跤。我在后面簌簌地抖着，走着，也不答一句话。

到家了，他对我母亲说，风掉田里了。我沉默着，低着头走进家门。祖母一把撩起她的围裙就往我脸上擦，哥在一旁咯咯地笑着，大约是笑我的花脸，我的眼泪无声地落下来。哥渐渐地不笑了，迟疑着走近我，握握我的手，擦去我的泪。我终于哭了。

母亲执意要把我拖回来的茭白送给他，他推辞着。母亲说自己种的东西，值不了几个钱，又把茭白送到他的手里。他终于接过了茭白。他走了几步，又转过身来，看了我一眼。祖母那时正绞了一块热毛巾给我洗脸，透过迷蒙的雾气，我看到地上的两行水渍。他用一只手拖着的带长叶的茭白，在他身后的地上躺着，像一条尾巴。

寻找杨老师

　　那个秋天的下午，十三岁的我正躺在医院的床上打吊针，门外走进来一个头发花白的老人，七十来岁的模样。她看看我，又看看周围，问，怎么没人照顾你？我哽咽地告诉她，父母因为家里农活忙，都回去了。她听了，背起手，在我的床边无声地站了很久。

　　后来我发现，她就住在我隔壁的病房，和我的床只隔了一堵墙。我慢慢地知道了她是一个退休老师，家在富阳城里。她得了和我一样的病，似乎已很严重了。有一次午后她在洗脚，我看到她肿得发亮的脚从棉鞋里脱出来，脚背上是深深的一条凹印。她用手在踝关节处按了一个手印，皮肤深深地陷入，形成一个小坑，过了很久也恢复不了。杨老师有一个女儿，好像也是老师。吃饭的时候，她总匆匆地来，一手提一个洋瓷饭盒，一手提几个苹果，或者其他水果。这时我总从杨老师的门前走过，闻到异样的菜香——自己家里做的热菜的香味。而我手里捧着的，是医院食堂里的饭菜，温冷的，寡淡的。因此我常盼望父亲或母亲来看我，他们来时会烧一条鲫鱼来，然而经过几个小时的旅程，鱼也冷了。

　　冬天来了，气温一点点地下降，而我的病却不见起色。母亲来看我，心情是忧郁的。正是吃午饭的时候，她拉开包的拉链，包里露出两个玻璃瓶，是那种糖水罐头的瓶子。我看清楚了，一个装着一条鲫鱼，一个装着腌菜。母亲伸出手去拿装鲫鱼的瓶子，但瓶子却从她手里滑落了。"咣"的一声，玻璃的碎片四溅。母亲呆了一下，不出声，蹲下身去捡拾地上的碎片。我看到她脸上被风刮的痕迹和蓬乱的头发，手上冻疮红肿，那样小的我竟也悲伤起来。杨老师应声走了进来，左手按着右手的手背，看样子是刚刚打完吊针。她看清了一切，走到我母亲身边，拍拍她的肩，像是一种安慰。然后说，你也不容易啊！母亲当时就哭了。我当然不知道那天医院又把催费通知单交给母亲了。

　　杨老师出去了一会儿，随即进来了。手里拿了一个碗，碗里有一个荷包蛋，还有半碗青菜。我从来没见到那样碧绿的青菜，油润而又冒着热气。荷包蛋却是金黄的。她把菜放在我的床头柜上，对我母亲说，今天中午让她吃这个吧。我母亲站起身来推却，而我在心里埋怨着，我是多么渴望吃这些菜啊。

　　以后的日子，杨老师的女儿来的时候，总会带两份菜来。一份给我，一份给杨老师。吃饭时间到了，我就在杨老师的病房里坐着，等杨老师的女儿送菜来。天气晴好的时候，我就搬几个方凳，在阳光里搭个简易的桌子，和杨老师一起吃饭。她总是背着太阳，温和地坐在冬天午后的阳光里。穿着暗红灯芯绒面的棉鞋的双脚搁在一个水泥台阶上。她的头微微地抬起。我常常出神地看她，但她已不再健康，脸色也略黑且偏黄了。

　　病友们说起杨老师的病，说她的病情与我同病房的一个年轻人差不多严重。有的人甚至说她们也许都挨不过年。说到这里，气氛常常慢慢地冷下来。我听了很害怕。元旦以后的一个午夜，那个和我同一个病房的病友突然昏迷了。医生和家人一阵手忙脚乱后，病房里空荡荡的。冬天的风从窗缝里呜咽地钻进来，走廊尽头传来令人辛酸的哭泣声。我害怕极了，去敲杨老师的门。门打开了，我一下就扑进杨老师的怀里，泣不成声。杨老师问清了情况，把我送回房间，披着衣服坐在椅子上陪我入睡。她还告诉我，如果半夜醒来，害怕了，就敲敲墙，她会在墙那边答应我。天快亮的时候，走廊里传来了一阵阵撕心裂肺的痛哭声，我知道，我的那个病友死了，她不会再回来了。想到死亡，或者永远地离开这个世界，这对那样小的我来说，有些遥远而且不真实，我恐惧到了极点。想起杨老师的话，我在墙上敲了三下。杨老师在墙那边很快地回应了，那时候的欣喜，是无以言表的。这样的声音，在寒冷的冬天的夜晚，是那样的温暖。我渐渐地感到有了依靠，觉得有一个人，在我的身边陪着我，守护着我，我慢慢地又入睡了。

　　我的病慢慢地有了好转，脸色也好多了。父母亲都很高兴。他们在雪地里挖了很多青菜，拿到医院里，送给杨老师。但杨老师这时却对我严厉起来了。每天下午，她都会让我看一个小时的书和做一些数学题。做错了，她会沉下脸来，大起嗓门，让我找原因，然后订正。我的数学底子不好，有一次做了一张试卷，杨老师批了，只得了55分，她的脸为此阴沉了好几天。

化验报告下来，我再观察一个星期就可以出院了，而杨老师还没有。父母亲打算让我提前出院，因为已近年关了。大年二十八，在整理东西的时候，我去向杨老师告别，病房里却没有人。路过的护士告诉我，杨老师到另一幢大楼去做心电图了。

要回家了，我和父母亲在杨老师的病房里等了一个多小时，杨老师还是没有回来。最后，父亲怕误了车,答应我,说过了正月，再来看杨老师。

过了正月半，父亲带我去医院复查。抽完血，父亲对我说，你在这里坐着，我去给你买点早饭。他前脚刚走，我后脚马上跑向我曾经住过的病房。我跑得那样有力，那样快，丝毫不像半个月前还躺在这里病床上的病人。我想象见到杨老师的样子，我想她见到我这样健康的样子一定会很开心。我甚至想到她厚厚的镜片后常常笑着的眼睛了。

我气喘吁吁地在杨老师的病房前站定。陈旧的门虚掩着。我深深地吸了一口气，推开门，叫，杨老师！然而映入我眼帘的是一张单人床，床上的铺盖卷着，露出了底下彼此交错着的棕丝。窗开着，窗外盛开着的茶花向病房里探着头，我出院的时候，它们还只是一些花骨朵。

掩上门，我退出病房。走廊上来来去去很多人，正是早晨打开水的时间，可是那么多面孔，没有一张是我熟悉的。我在走廊上的一张休息椅上一屁股坐了下来。父亲找到我，对我说，他去医生办公室打听过了，杨老师已转院了，好像是到省城去了。

我再也没有见到过杨老师，如果她还健在，现在已八十七岁了。然而，我除了像凡卡那样，在隆冬的晚上写完一封信，信上写 "城里，杨老师收"，我还能写些什么呢？

手 表

春天的一个傍晚，我还没进门，就听到母亲和父亲在吵架。说是吵架，其实是母亲在呵斥父亲。我没有开门，在门外站了一会儿，听他们吵架的内容。母亲说，叫你不要买，你又去买，这样的东西买来做什么？我听不到父亲的声音，我能想象，他一定呵呵地笑着，坐在餐桌边，看一张报纸，或者一本闲书。

这几年我渐渐地不怕他们吵架了。小时候他们吵架，我会躲起来，或者闭上眼睛哇哇地哭。现在，我有时候会看着他们吵，似乎吵架的人和我毫无关系；有的时候甚至是一种欣赏，像是看一部电视剧。不知道从什么时候开始，我是以这样的心态对待他们的吵架的。

开门进去，母亲在炒菜，正如我所料的，父亲在看一张老

下辑 落在天井里的雨

旧的报纸。餐桌上放着一块手表，银色的。我还没开口，母亲就拿着锅铲，急急地走了过来，一把抓起桌子上的手表，说，你看，又去买回来了，也不知道怎么想的。我扫了一眼手表，也很讶异，说，还是从那个人那里买的？母亲说，这个人的脑子也不知道在想什么。她转身去炒菜，把铲子和锅子碰得咣咣响，似乎铲子对锅子有很大的怒气。

我看看父亲，他还是不说话，反而呵呵地笑着。我问父亲，你真的又去买来了？他说，这个牌子还不错的，可惜不是上海牌。我拿起手表，有点沉。我对手表一无所知，也无从评价它的好坏，只是不知道为什么父亲要买这块手表。

那天，我们一起去买建材，刚走到市场门口，就凑上来一个神秘的男子，压低了嗓门问，手表要吗？特殊渠道的。我没停留，父亲和母亲也往前走。忽然，父亲停下来，转过头去问，你说卖什么？那人又凑上来，说，手表。父亲说，哪里有手表？那人说，我车里有。我和母亲都催促起来，说，快点走，市场快打烊了。父亲却跟着那人走向停车场。

母亲一个劲地埋怨起来，我也有些懊恼，好不容易抽了时间出来，父亲却去做这些不相干的事儿。不一会儿，父亲叫我，说，你过来看看。我有些不情愿，看着母亲，母亲示意我不要去。父亲在那边又一个劲地叫我，我说，我还是去看看吧。

我走到车边，发现后排的位置上堆着很多包装盒，那人手里拿着一个盒子，盒子里是一块手表。父亲说，你快看看，这个手表怎么样？我没有接过他的手表，说，还是先去买建材吧，等一下来不及了。父亲有些犹疑，也有些不快，说，还不错的。

我说，买手表也没必要在这里买呀，再说……我还没说完，父亲说，好吧好吧，走吧。

母亲已经等得不耐烦了，父亲刚走到她的身边，就唠叨起来。父亲倒是不接一句话，只是默默地跟着我们走。

我以为买手表的事就这么过去了，却不料现在手表已经在桌子上了。我问父亲，多少钱？父亲说，不贵的。母亲把菜端上桌子来，整餐饭吃得死气沉沉的，拉着脸，也不说一句话。

我以为他们的冷战很快会结束。这几年，我有些喜欢看他们的战争，有时候吵得很激烈，不出一两个小时，也不知道他们怎么就和好了。可是这一次，三天过去了，他们还没有搭理对方。我终于忍不住了。那天晚饭后，我问父亲，你怎么会想到要买手表？父亲看看门，我知道他是怕倒垃圾的母亲回来，低声说，我其实想买上海牌的。我又问，为什么？这时门吱的一声响，母亲回来了，父亲收起手上的报纸，回房间去了。

我问母亲，爸爸为什么想买一块上海牌的手表？母亲不假思索地答道，谁知道他脑子里想什么，我看他这段时间有点神经兮兮的。我没说话。过了一会儿，母亲突然问我，你说他想买上海牌手表？我说，是啊，他说，他想买上海牌的。母亲站起来说，今天农历几时了？我一下子没回过神来，说，我哪知道农历呀，现在我们都看阳历。母亲说，三月初六了吧。我翻开手机上的日历，对母亲说，今天三月初八。母亲张大了嘴，半天才回过神来，说，哦。说完，她也走了。

第二天早上，我看到母亲把一碗烧好的面条端到父亲面前，左手的手腕上戴着那块表，亮闪闪的。看他们两个人有说有笑的，我也不再去问他们手表的事情了。

前几天搬新家，家里来了很多老一辈的客人，闲聊时，说起父亲和母亲的婚姻。舅公说，你爸爸那时候家里太穷了，结婚的时候，三大件一件都没有。现在有了这么好的房子。他们结婚那天，你爸爸对我说，等我有钱了，我一定给她买一块手表，上海牌的。舅公还在说着，我突然明白了什么，问，他们什么时候结的婚，几月份？舅公想了想说，好像是清明前后，农历大概三月吧。我说，哦。

终于，我知道了，母亲的"哦"和那块上海牌手表。

与一条狗同行

冬至的傍晚，我一个人走在村里的小路上。没有人，只有一条狗尾随着。曾经的我，知道这条路上第五块石头的颜色，土坎下凤尾草的年龄，可是现在，一切都变得那么陌生。它们不认识我，我也不认识它们。我走走停停，那条狗显然有些不耐烦了，它加快了脚步，从我身边挤了过去。我看到它夹紧身体，用轻松得有些夸张的姿态超过了我。我咳了一声，它回过头来看我，那鄙薄的样子。我看着它棕黑色的毛，尾巴尖上有一处小小的白色，脚爪上也有一点白色，它那样轻盈地走着，愈加显出我笨重的样子。

我要去二婶家，把刚做好的冬至米粿送过去。二婶家住在村的边缘，有一段上坡路，狭小的一条，虽然是石子地，但我穿着高跟鞋，也不好走。电话在这时响起来，我去掏手机，却不料塑料袋的另一头滑了下去，米粿一个一个地散落到地上。我蹲下身去捡这些米粿，刚碰到一个米粿，一个冰凉的鼻尖就凑过来了。是它，那条看不起我的狗，它的鼻尖。它在我的身边，不停地朝我身上嗅着。

我看着它的眼睛，玻璃球似的棕色眼睛，只那么一瞬间，像朋友圈里热议的"确认过的眼神"一样，我感觉到了一种眼神——同情，可怜。人和动物的关系，有时候就是这样微妙。我们常常看不起一条狗，但是在这个时候我分明看到了它对我的轻视。也许，它说，你有什么用呢？这样的一条路都不能走好。

我不出声，对一条狗，我能说什么呢？我继续捡起米粿，有几个米粿沾了细小的灰，我放在唇边吹吹，提起塑料袋继续走。

我有些冷，抬起头来，看到了一个弯钩似的月亮，银亮地挂在冷冷的天边。冬天的乡村，暮气沉沉的。没有人声，也少有其他动物。它一直在前面走，我在后面跟着。

到了二婶家门前，它径直走了进去。我犹豫了一会儿，我在想这个时候它会不会突然叫起来，如果这是它的家的话。我站在那里，它看看我，似乎耍起威风来。我站在那里，一动都不敢动，毕竟，我面对的是一条狗，它会咬人，可我不敢咬它。

这时二婶从门里走出来，有些不认识似的，问我是不是丫头。我承认我是丫头。我是他们老一辈人的丫头。二婶就在院子里不客气地打量起我来。双手扶着我的肩，说我长高了。我在内心笑起来，三四十岁的人，怎么能再长高呢？只不过我的鞋子长高了。二婶喋喋不休地问我的事儿、孩子的事儿、孩子他爹的事儿。全然忘了我手里的米粿，我的手被袋子勒得疼，接近零摄氏度的冷风吹得我快冻僵了。

它，那条狗，这时走到我们身边，不停地嗅嗅我。二婶看到了，右脚背踢踢它的肚子，说，你一边去，这是丫头，你不认识的。我看到它抬起头来，看看二婶，也看看我。我想，它一定对二婶的话嗤之以鼻——谁说我们不认识呢？我们已经同行很久了。

二婶拉着我在院子里聊了很久，临走时一定要送我一个大南瓜。我抱着大南瓜，二婶送我走出院门，在那段下坡路上，她向我告别。我回过头来，看到它，站在二婶的身边，默默地看着我。它身后的月亮，已经升高了，还是冷冷的一弯，挂在一棵乌桕树的枝丫上。

我家的昆虫世界

我相信台风莫拉克来临之前，肯定和那些动物打过招呼了，至少，我家的蚂蚁们一定得到过最可靠的消息。那天晚上，我走到厨房里一看，吓了一跳，沿水池一边，密密麻麻地爬着一长串黑蚂蚁，远远看着像一条微微抖动的黑线。更让人惊叹的是，调味盒这一边，黑压压地聚集了一大片蚂蚁，面积有南瓜叶那么大，它们正围着糖罐子乐颠颠地忙碌着。有几只摆动着老长的触须不停地在原地打转，似乎乐得不知该怎么办才好。也不知是哪只蚂蚁最先发现了这个糖罐子，就好像那时候人们发现了金矿。农村里常见的蚂蚁微黄，个子娇小，虽然说这应该是品种不同的原因，可看上去总有些营养不良的味道。相比之下，这些蚂蚁的身体比一般的蚂蚁看上去壮实、乌黑。看起来它们在这片糖的原野上，活动了不止一天了，也不会甜死它们！有人说蚂蚁可以生吃，只吃它的屁股，味道是酸的，我想现在这些蚂蚁，如果吃它们的话，应该是甜的。

看着它们幸福的样子，我不忍心动糖罐子，对自己说，再给它们享受一个晚上吧。进房间睡觉，熄灯时我似乎能看到它们一律抬起头来看我的样子，我很为自己的慈善而骄傲。睡到半夜，感到手上隐隐地有虫子在爬，左手两个手指一按一拖一撮，跳起来打开灯一看，一只黑蚂蚁正扭动着自己那肥硕的屁股，为自己的被捕而叫冤。我懊恼地将它扔进垃圾桶，往枕头上一看，嘿，枕头上还爬着好几只蚂蚁呢。

第二天晚上睡觉前，我好好地检查了一遍房间，确定房间里没有蚂蚁，才上床睡觉。睡到半夜，忽然听到两声短暂的叫声，一长一短，声音清脆而干净，心里犯了迷糊，真不知是梦还是现实。可是声音那么近，那么悦耳，就像是从房间里发出的。趴到床下仔细寻找，什么也没有。于是又上床睡觉，头还没沾到枕头，只听见床头柜附近传来叫声，是蟋蟀的叫声。满以为搬开床头柜就会看到那只好事的蟋蟀，可是，搬开床头柜一看，除了两个蒙了灰尘的硬币，什么也没有。我一把拉开抽屉，《瓦尔登湖》上正稳稳地蹲着一只蟋蟀呢！它乌黑油亮，向前探着头，屁股抵着书，不时地把两根触须抖动一下，看上去一副宠辱不惊的样子。我端起《瓦尔登湖》，它还在上面稳稳地坐着，心理素质比麻生还要好。我只能打开窗，把书放到窗外，这位老兄这才两腿一蹬，噗的一声，落到了草丛里，随即清脆地叫了起来。怪不得有人把它们称作音乐家，看来它们的确具备了音乐家的气质。也不知它遇到同伴，会有什么样的奇遇记可以描述给它们听。

家里有这些小虫子应该不足为怪，奇怪的是我家的昆虫们的动作，就比如说蜘蛛吧。我家的蜘蛛织网的速度奇快。那天早晨五点半我被风雨吵醒，奔到客厅里好好地观赏了一回风雨交加的气势。谁知不到半个小时，站起身来，脸上忽然就被蒙上了几条细丝，看不见，摸不着，只有那种若有若无的感觉，游在脸上。一遍遍地扯，想起来有些好笑。如果当时有人在旁边，不做说明的话，一定以为是《皇帝的新装》里的神奇至极的丝线。

蚊子们最聪明了，它们晚上吸血，天亮时集体躲入内卫。有时候一打开卫生间的门，就是嘤嘤嗡嗡的一阵，这时我只要一听它们飞行的声音，就知道哪一只是吸足了血的。它们飞行时的动作缓慢，声音沉重，像是一架将要迫降的飞机。那只才喝了一口就被迫飞走的蚊子，振动着有力的翅膀，不停地盘旋在光源的四周，喝了兴奋剂似的精神饱满。甚至还有前一天晚上喝足血的，吸在墙上一动不动，看上去实在太重飞不动了。

生命是一部超长的影片

下午三点，我坐在祖母床边，对躺在床上的祖母说，阿婆，我扶你坐起来，梳梳头。祖母过了好一会儿才睁开眼，看了我一眼，对我说，丫头，你去忙吧，我还想再睡一会儿，我很吃力。说完，她又闭上了眼睛。我拽好薄被，走了出去。

不安的我走到窗前翻开书，是瑞典导演伯格曼的自传《魔灯》。"我转动曲柄，那个女人醒了，坐起身，慢慢地站起来，伸展开她的双臂，转身消失在右边。"这个电影大师在这本书里这样描述他第一次得到放映机时的画面。我坐下来，看着远处的天空，想，当生命以影片的手法来呈现的时候，是不是能更清楚地知道这一生的轨迹？

我想到了我的祖母。这一刻她大概沉沉睡去了。关于她的影片，却真真切切地出现在我的面前。

我看到她在南山的山脚下高高扬起锄头，垦出一块又一块地，种下洋芋、番薯、玉米。她背后是大片大片的麦田，那些正在拔节的麦子发出清晰的吧啦吧啦的声音。地开垦完了，她放下锄头，对着远处几只羊叫唤，那些羊撒着欢朝她围拢，蹭着她高高挽起的裤腿，伸出粉红的舌头舔她光着的脚。她笑着呵斥它们，拎起一篮羊秸草，扛起锄头向家走去。

天色渐渐地暗了下来。母亲还没下班，我和哥哥坐在门槛上，看刚买的小鸡站在铜火熜的边沿，险伶伶地摇晃着身子进退两难。祖母放下锄头，把鸡捉进火筐里，盖上盖子，小跑进灶头，掂一掂淘箩，塞给我一个冷饭团，咚咚地跑上楼去量米，把淘米的水烧热了拌上猪草，倾着身子拎着饲料桶去喂猪。

吃完晚饭，一家人坐在一起，祖母拖出一脚箩玉米棒子，这些筷子长的玉米棒，在她粗老的手里不断地变换着方向和姿势，一粒粒宽扁的玉米像屋檐下的水一样跌落。

这时，在她认为是休息的时间里，她笑着给我们讲从前的事。她告诉我和哥哥，那个我们从来没见过的爷爷的样子。她说那时候她和爷爷在风炉顶的山上搭了一个草屋，他们在那里满山满垄地种了桃子和茶叶。春天到了，附近闲着的人都到山顶上帮他们摘茶叶。那时候，每天晚上炒茶炒到天亮。实在打瞌睡了，在灶边猫一个时辰，就去摘茶了。"你们不知道，我的手是怎么伤的。"她又在昏黄的灯光里絮絮地说，"那一年雨水特别多，我天天站在雨里摘茶叶。到了秋天，我的手就抬不起来了。"我们凑过去看她的手臂，到处是火灸过的伤痕。初夏的时候，把满山的桃子摘了换作钱，这一年的口粮就不愁了。她说你们一定不知道，那时候草屋里有成坛成坛的麦子、玉米，还有米，那样心里有多踏实。

从小到大，我看到的祖母总在不停地劳作，她养鸡鸭羊兔，种豆茄蒜薯，割麦插秧，我从来没听她说过一个累字和一个苦字。就在那一天的傍晚，她却留下"我很吃力"这四个字，就走了。

我坐在她面前，看着她依然清秀的脸庞，我想，这是一部精彩绝伦的影片。导演与演员都是她自己。至于观众，谁都没有耐心、毅力和幸运看完这部长达88年的电影，很多人看了一年，两年，十年，二十年就中途离场了，最多的，也只看了五十几年而已！而这个主角，却旁若无人地演完了这一生，她是投入的。她常常对我说，吃力，过一夜就好了。

八十岁的时候，她常常偷偷摸摸地背上锄头，到田地里种点什么，父亲有一次气势汹汹地赶到正在埋头锄草的她面前质问，你不会累死的啊？祖母看了父亲一眼，说，我从来没听到过有人累死了。

小时候看电影，等到那个大大的"完"字跳出来，映在宽影幕布上，我的屁股还久久不肯挪动。那种惆怅，挂在心头久久不去，而对于这部影片，我有的，不仅仅是惆怅。

冬日里的豆腐

　　最近有一次看电视，似乎是古装片，里面讲到了汉朝时的淮南王刘安，说这个淮南王不但著述了历史上有名的《淮南子》，还发明了豆腐。我不知道这种说法是不是正确，如果这是真的，那豆腐的历史，也真是久了。据说，中国已经流行吃彩色的豆腐了，葱绿的，柠檬黄的，桃红的，茄紫的。好像是在豆浆里加入了各种菜汁，我猜想就好像把菠菜榨成汁，搅到豆浆里，做出的豆腐就成了葱绿了。我不敢尝，有白豆腐的印象在先，看到这些彩色的豆腐，像在吃颜料。但是，这些新事物，却深得儿童的喜爱。现在美国也很流行吃豆腐，日本更甚。其实日本人喜爱豆腐应该不足为奇，本来日本很多吃的东西就和我们有相似之处。比如，酱油。比如，米饭。美国人吃豆腐也不知是怎么个吃法，总不会用点黄油，放点沙拉搅拌一下吧？那样真有点暴殄天物了。小时候，那些冬天的早上，刚起床，就听到有人粗着嗓子喊，卖豆腐了！这一声"卖豆腐"，总把"卖"字拖得很长很高，似乎这个时候，豆腐已不那么重要了。事实也真是这样，只要听到这一声"卖豆腐"，就知道戴着棉帽的人推着一辆平板双轮车来了。远远地看，车前是一筛子的豆腐干，中间是叠得好几层高的豆腐，它们一板叠着一板。后面呢，金黄的油豆腐。然后就是臭豆干了。祖母拿大海碗去买了豆腐，看着老板掀开那块洁白的纱布，里面露出整板的豆腐，上面有一小格一小格的印痕，大约是为了方便分切。分豆腐的刀很奇怪，前面32开纸大小，后面却加了个尺子似的柄，亮铮铮的。分豆腐是在严密的监视下完成的，大家都不出声，只盯着豆腐老板的手，往里往外，由眼神说了算。祖母拿回豆腐，放在八仙桌的一角。我惺忪地站在桌前，看着豆腐上小小的一点点纱布的痕迹，上面微微的热气向上袅袅婷婷，于是勾起小拇指把豆腐的一角扒拉进嘴里，只用力一吸，豆腐就化了。只留下一点点豆香在嘴里，久久不去。听说有人把豆腐叫作软玉，我觉得这种叫法很妙。那样莹白的色泽，那样温软的感觉，真是名副其实。

有一个叫陶方宣的编剧，对美食似乎也有像汪曾祺一样的热爱。他研究张爱玲的吃食，其中写到了豆腐。说张爱玲在日本三藩市的一个饭馆里见到了一碟洁白平正的豆腐，用汤匙舀着吃了一口，也许吃着感觉不错，就这样不就任何佐料地把这块豆腐吃完了。我想，事实上，不就任何佐料地把豆腐吃了，这也不是什么稀奇的事。

如果说豆腐要加佐料，我认为最好是酱油。去年冬天的一个晴日，我们去龙羊。忘记是在哪一个食堂里吃到了一盘豆腐，那样的感觉真好。只是一块豆腐，看上去不像一般的南豆腐那样水汪汪，更像北豆腐的那种瓷实。切了大片。一点也不张扬地摆在桌上。旁边是一个酱油碟，里面的酱油看上去不错，闻着应该是海天酱油。主人叫我们吃豆腐，说那是正宗的龙羊豆腐。蘸了点酱油入口，马上尝到了豆香。它比其他豆腐相对要老一些，醇厚，有物，而不阻口。我旁若无人地把整块豆腐请到了胃里，事后想想，当时的吃相一定很难看，有点窘。

我祖母有个烧豆腐的拿手菜，也要用到酱油。现在每次梦到她，总闻到红烧豆腐的香味。祖母做这个菜，往往是在深秋初冬的时候。她把镬子烧旺了，倒入菜油，放少许盐，等菜油里的小泡泡冒尽了，左手托豆腐，右手拿菜刀把豆腐片成约两厘米见方的豆腐块，放入油里。小心翻面，等豆腐表面微黄，放入少许酱油。然后加入适量温水，加火烧开，接着放入两三根切成段的大蒜，快出锅时放一点点味精，盛入洋盆里。最重要的是出锅后，祖母把洋盆放到灶下的炭火上，继续焖热，直到豆腐里都是小小的孔。等我们放学回家，饭镬一开，沾着炉灰的洋盆一端上桌，绿色的蒜叶还绿着，白色的蒜梗照样白，豆腐变成微红了。夹一块豆腐到嘴里，来不及品是什么味道，烫得直把豆腐吞下去，还没到胃里，就入心了。有句话说"心急吃不了热豆腐"，然而，豆腐，却要趁热吃才够味。

昨天在街上碰到了一个同学，她刚从菜场里出来，左手提着一块豆腐，右手腋下夹着一个公文包，看上去有些滑稽。在我的感觉里，她是一个大大咧咧的人。不料说了几句闲话后，她突然对我说，你做的鲫鱼豆腐汤很好喝。我有些讶异，想不起什么时候让她尝过我做的鲫鱼豆腐汤。她说，有一年冬天，和胖子、阿梅一起，在你当时租住的房间的阳台上吃的。

我想起来了，是冬天。我记得那天的太阳也很好，阳光透过玻璃照下来，我们四个人坐在那里，热了一点绍兴黄酒，喝我做的鲫鱼豆腐汤。临别时，她说，那天的鱼汤汤色奶白，豆腐鲜滑，真好。

沃豆腐

人闲下来的时候，总会无端地想出很多花样来，比如吃，比如说种花花草草。我最近喜欢吃沃豆腐。有朋友从外地来，也把他们拉到很小的饭店里去吃这个。那样摩肩接踵的感觉很好。他们这些人，去惯了大饭店，一定是很诡异的。但我总以为，去一个陌生的地方，总得接地气才行，去里弄走走，去菜场逛逛，那样才好。

富阳的沃豆腐说起来还挺有名，以常绿的最为有名。地域也真是个奇妙的东西，即便同样的做法，到了诸暨，便把沃豆腐叫作西施豆腐。再往那个方向走，到了绍兴境内嵊州一带，就把它叫糊拉羹。杭州市区也有沃豆腐，但有一次我兴冲冲地点了，端上来一看，全然不是那么一回事，扫兴到了极点。

我常想，为什么常绿的沃豆腐会有那么大的名声呢？也许来自食材，也许来自手法。做沃豆腐常用的食材有豆腐、番薯淀粉、冬笋、香菇、香干、肉，还有油渣。我也会做沃豆腐，一般是在冬天做。那个时候冬笋才上市，小小的，还是一棵一棵的光下巴。那样的冬笋脆嫩、鲜美，绝对是纯天然的。我们把二三两重的冬笋切成丁，放入锅里，干炒，炒得略微变黄，再放入油，继续炒，再加入肉末、香干、香菇、虾仁等等。

　　勾芡可是个技术活。我一直想不明白，淀粉也有不同。市场上买来的淀粉细腻，雪白，却稀薄。农家自己做的淀粉看上去像一个个石灰团，微黄，粗糙，可勾芡的时候，厚实，肥嘟嘟的。可能与做淀粉的红薯有关。我记忆中有一种红薯叫胜利8号。据说这是一种出粉率很高的红薯。小时候，到了红薯收获的季节，大约霜降之后，家家户户门前的道地里就晒着这样一匾一匾淀粉，那些匾上铺着凤朝牡丹的床单，大红色的床单上铺着雪白的淀粉，在清澈的阳光下，看上去实在是一幅色彩对照鲜明的大俗的画。可是这样的"大俗"也还是可爱的、生动的。

　　勾芡一般要先兑好淀粉，五勺淀粉，加点水，搅拌均匀了，有时候还会浮上来一点点黑色的小沫儿。等锅里加了各种佐料的水沸腾了，就沿着锅口慢慢地将淀粉倒下去，另一只手用筷子不停地搅拌着，眨眼间，本来稀薄的汤汁慢慢地浓稠起来，不一会儿，锅里就只剩浓稠的汁液在肥胖地翻滚了。等关了火，撒上一点葱花，放一点点鸡精，沃豆腐就可以出锅了。

　　可是我新近突然想到了一种让沃豆腐更香的方法。将出锅

下辑　落在天井里的雨

后的沃豆腐放在碗里,马上将板油切了丁,放到锅里小炸一会儿,等板油慢慢变小，逐渐成了指甲大小的金黄色油渣时，连油和油渣一起浇到沃豆腐上，你会马上听到"嗤啦"一声响，同时碗里腾起一阵热气，随后你会在热气里闻到一种焦香味。这香味让人经久不忘。

从红烧肉说开去

　　有一段时间，我有一个愿望——希望凡是到我家里来吃饭的人，都爱吃肉，而且，是红烧肉。后来想想有些可笑，那时，却真的是从内心出发。因为，在那么多菜里，我自己认为有点把握做好的，就是红烧肉了。现在想来，当时的想法很笨，几乎是愚蠢。如果一个人爱吃红烧肉，那么她对红烧肉就有很深的研究了，绝不是我自认为还行的技术就可以对付了。想想毛泽东，他爱吃红烧肉，如果有一天，厨师给他上了一盘不红不白不熟不透的肉，他会照吃不误?

　　我母亲会做红烧肉。我记得有一年年关，邻居家杀了一头年猪，差小孩给我家送了一碗猪血。第二天傍晚母亲去还碗，大概邻居家正在做红烧肉。母亲回来后坐在灶下，一边烧火一边叹气。我很奇怪，问发生了什么事。母亲没头没脑地说了一句，可惜了那肉。我当时不明白她指的是什么，只看到灶膛里的火光在她脸上跳跃，可是她脸上一脸的落寞以及无奈。后来我知道了，那天邻居家出锅后的红烧肉不红不白，一块块肉码在碗里，宛如麻将牌，硬邦邦的，劲儿十足。哪里有红烧肉的色泽和味道？

我认为真正有色泽和味道的红烧肉，我在周庄吃过一回。那是在几年前的正月里，我去周庄。那天好像下了一点薄薄的雪。一个人在街上走，看房屋上有一点点雪，屋顶上露出一排瘦骨嶙峋的屋脊与黑色的瓦片。街上少有人，有些冷清，有些店开着，灯光有些红，里面摆放着色泽非常鲜艳的蹄髈。

后来走累了，在一个桥头停下来。停下来的时候看到一个老人坐在家门口的小桌子上喝酒，她的头发那么白，气色却很好，从容地坐着。我走过去看，她的面前是一个白色的小砂锅，锅里是鲜艳油亮的红烧肉。这些肉偶尔冒出一个小泡，热气腾腾，香味飘散在融雪的空气里。老人看着我，笑着问我要不要吃一点。我说我付点钱吧。老人说正月里付什么钱，正月里来的就是客人啊。于是我就坐下了。那些肉色泽酱红，肥而不腻。最妙的是进入嘴里，肉就化了。

我向她讨教红烧肉的做法。老人说做红烧肉最好用焦糖，那样容易着色，味鲜。焦糖就是炒焦的糖。红烧肉的做法说着很简单，把上好的五花肉洗净，切成麻将块大小，热锅，然后放入素油。油里的气泡冒尽了，放入一勺绵白糖，等糖化成焦红色，把肉放到锅里翻炒。两三分钟后，等肉转成微黄色，放入少许料酒、酱油，以及少许盐，再翻炒。然后再放料酒，料酒得没过肉块，当然啤酒也不错，它能使肉质变嫩。大火烧十五分钟后改为文火。如果时间充裕，可以放入砂锅用文火煨，一个小时以后就可以起锅，起锅前先看汤汁，汤汁过多就要加火收汁。关火，出锅前放入一点鸡精就可以了。

那次回家以后，我如法炮制，一遍遍地演练老人说的步骤，但最终都不得要领，再也吃不到那样的美味了。那时候我不知道周庄曾经有沈万三这么一个人，传说他的家宴总少不了蹄髈，更不知道还有万三蹄、万三肉。走在街上，觉得很奇怪，因为很少有一个景点把蹄髈大模大样地摆着当作特产卖，而且场面又很壮观。

据说富阳的猪爪曾经很有名，但现在已不太有人说起了。秋丰的腌猪爪也火过一些日子，后来去吃，少了些腌味的陈年香，也是一日不如一日了。我真希望富阳能够多些特产，无论是干货或是菜肴。去年过年，有个朋友从北京到富阳来看我们，走得匆忙，到了机场，想起要给我们带点礼物。想都没想就拎起一只烤鸭。我想，如果有一天，朋友到富阳来，或是我们去外地看朋友，也有想都不用想就有拿得出手的礼物，那该多好！

腌　肉

　　我总想起舅妈的那些腌肉来。有时候在开车，有时候在散步，有时候甚至在课堂上。那些好看的腌肉，一律呈铁锈红，偶尔夹杂着一点点几近透明的肥肉，那么诱人。肉是火腿肉，那么瘦，用我们富阳人的话说，是精。那时候常常去舅舅家看外婆，吃饭的时候总有那一碗红艳艳的腌肉，放在桌子中间，被其他菜围着，煞是可爱。我爱吃这些肉，常想去外婆家，其实有大半是想去吃这些肉。可是，吃着吃着，外婆走了。我后来算算，前前后后外婆病在床上有十几年。这十几年里，也不知道被我吃了多少这样上好的火腿腌肉。每一次去舅舅家，每一次总有这样的肉。以为，舅舅家是有无数这样的肉的。他们的餐桌上，必定每一餐都有这样的肉。有一天突然明白，这些腌肉，其实是专为我们备的。我们走了，他们餐桌上的肉也就没有了。

舅妈蒸腌肉时一般都会打一个鸡蛋。把腌肉切成薄片，一片片地码在盘子里，摆成花瓣形，把蛋打了放在中间，放在饭镬上蒸，水开了的时候，香味就冒出来了。用我祖母的话说，这场面，可以惊动村子最东边的那条狗。我听了这话，常常哑然失笑，眼前仿佛就看到那条脱毛的黄狗煞有介事地跑来了，驮着一肚子的饥饿与馋虫。

去年冬天我去桐庐，路过一个小村庄，看到有户人家的门前，密密地晒着很多腌肉。我看到这些肉，忍不住走上前去和这家的主人攀谈。主人骄傲地告诉我，这些肉有一半以上不是自己家的。我仔细一看，肉皮上竟然还有字。看清楚了，才发现有"申屠""陈""张"这样的字眼。我问，肉上怎么会有字？主人说，都是村里人把肉提来叫她腌的。我问，为什么？她说，他们说我腌的肉香。我看到她那说话的神气，喜悦而从容。从内心里感叹，有技术真好。造原子弹的人可以为自己造出的原子弹而骄傲，烧茶叶蛋的人也可以为自己的茶叶蛋而自豪。

她告诉我，腌肉也是个技术活：腌淡了，容易臭；腌咸了，硬且咸，咬着像木片。她自告奋勇地要传授我腌肉的秘诀，我有些犹豫。她说，千万不要把热的猪肉拿来腌，刚杀的猪肉上有热气，如果这时就腌，容易臭。大雪天腌肉是最好的。先把条肉放到晒匾里摊放着，放一天晾凉了。用盐搓肉，搓到有水渍渗出，埋到放肉的小缸里，撒上一层盐，再放一层肉，再撒上一层盐。大约腌一个多月，等天气晴好的时候，挂到太阳下晒。晒到表皮微微发红，喷上一点白酒，更香。以前腌肉的时候，

下辑 落在天井里的雨

用盐卤。盐卤现在已经不太能见到了。我家那时候就有一个专盛盐卤的罐子，叫盐卤罐。那时候，盐是散装的，买来后放在一个专门用来放盐的篓子里。时间一久，盐就会化，化下的盐水，就滴到盐卤罐里。用这些盐卤腌肉，颇有精打细算的乡下人的风格。但仔细想想，这样一个以吃为头等大事的民族，仅仅是因为利用吗？盐卤还可以腌鸭蛋，上好的腌肉盐卤便是极品。腌鸭蛋要在清明前，那时候腌肉已经吃得差不多了，把鸭蛋一个一个地洗净了，晾干，放到腌肉盐卤里，喷上上好的白酒，用坛子密封，放到阴凉处保存。端午前开坛取出，这样的咸鸭蛋黄得流油，几乎是红的。汪曾祺在故乡的鸭蛋里曾经这样写道："筷子头一扎下去，吱——红油就冒出来了。"从那以后，高邮鸭蛋便更出名了。

腌肉可以炖笋，可以做咸肉冬瓜汤，或者只单独的切几片薄片，一蒸，就是一个十分下饭的菜。最近有些人说不宜多吃腌货，说这是致癌物质。但我照吃不误，有一句话叫生命诚可贵，美食不可抛。我是不愿意因为几个专家的说法而不吃腌肉的。况且，专家们今天有今天的说法，明天另一个专家说不定会说腌货有利于身体健康，那时，我岂不肠子也悔青了？

新米汤圆

一般人都在正月十五这天晚上吃汤圆，江浙一带都有这种习俗。可是我的老家，除了这一天，还有一天也是要吃汤圆的，这一天是农历的六月廿三。我问过我的祖母，为什么要在这一天吃汤圆，她也说不出个所以然来，只是说，这是新米做的汤圆。从"新米"这两个字上来看，大约是因为稻谷刚刚收割，需要尝尝鲜吧。

风俗其实也是件很奇怪的事，吃新米汤圆这个习俗，在老家虹赤以外就没有了。只在我们这个小小的自然村有这个习俗。我们家做的新米汤圆很有特色，一般会做甜的和咸的两种。

把糯米和粳米按比例掺匀了，放到筲箕里，把米洗净，在水里浸上大半天。等米吃透了水，到加工厂去，把米磨成粉。

我很奇怪，村里人为什么把只有一台磨机的地方叫加工厂，没有冠上某某加工厂。后来想想，这样一个小小的村子，除了这里有一台机器，其他也没有配得上厂这样的名称了。所以大家也都省略了说法。

我很喜欢去加工厂。加工厂是有人承包的。无论是谁承包的，我们去的时候，她的头上总戴着一顶有披肩的帽子，上面还有鸭舌，看上去总有一点抑郁的味道。

这时候我可以站到称重的秤上去，看看自己有多重。有时候看到秤杆高高地跳起来，我就咯咯咯地笑个不停。那是我对机械的一种嘲笑。可是这样的嘲笑过不了几分钟就停了，因为把米磨成粉，只需要几分钟时间，在大人的对话里，眨眼间就过去了。我看到大人的头发上有米粉的粉尘，看上去像薄薄的霜，又像岁月的尘埃。

米磨了，回到家里迫不及待地催着大人做米粉芡。火烧起来了，水热起来了，腾腾地冒着热气。大人沿着锅边把米粉撒下去，用一根小小的竹棍顺时针地搅拌着，直到米粉芡看上去有了一种熟透的颜色，放在锅里焐着。我眼见着锅边慢慢地积起了一层薄薄的膜，巴巴地把它撕下来，放进嘴里，顷刻间就融化了。

芡头打好了，该揉粉团了，揉粉团是个力气活，得不停地用手掌把粉团往下压，我不喜欢这个活。没有变化，没有成就感。可是我的祖母做这个活确实是一把好手，在她的手掌下，粉团不停地变换着形状，直到整个粉团光滑不粘手。等她拍拍粉团，搓干净手上的残粉，站起身来的时候，我知道，离汤圆下锅的时间不远了。

汤圆被我们一个一个地搓好，就直接下锅了。我喜欢汤圆两吃，这仿佛有点奢侈，就像现在饭店里的黑鱼两吃一样，人的娇贵都是宠出来的，因为有人宠，才会想出这样那样的点子。我就这样。我喜欢吃芝麻汤团。芝麻汤圆很简单，新收的芝麻炒熟了，碾碎了放在盘子里，加上一些白糖。把汤圆下锅煮了，等它浮起来，在锅里一愣一愣地漂浮的时候，就可以起锅了。把汤圆往有芝麻粉末的盘子里一滚，夹起来放到嘴里，一股浓郁的香气扑鼻而来，可是得小心烫，一不小心心尖都化了。

我也很喜欢吃上汤汤圆。掐下南瓜嫩头，撕去膜，揉几下，在开水里汆一下。放小油，把南瓜头炒了放着。把汤圆放入沸水里煮熟，再把南瓜头放入水里一起煮，只一会儿，肥白的汤圆一个一个浮在锅面上，碧绿的南瓜头像翡翠似的，汤色乳白，想想那都是一幅美妙的画，这样的味道，世间再也找不出一种能与之比拟的。

银鱼面

离开母亲以后，我的早餐总是潦草的。有时候干脆不吃，不吃也不会饿，想想有些奇怪。奇怪的事还有，我喜欢吃方便面，就是那种桶装的，简单，省事，关键是味道真的挺好。香，而且味道浓重。我哥不让我吃。记得那时候去金华上学，在生活上对我管得不多的他，居然有一次对我说，不能吃方便面。问他为什么，他说，面里含防腐剂，吃多了不好。我还是照吃不误。至于那些包子、馒头、花卷、粥，我是不吃的。如果有时间，我可能去吃一碗面。说起面，就想起了那天在九龙湖上吃的面，那是至今为止，印象最深刻的一次早餐。

九龙湖在衢州，有些像富阳的岩石岭水库，据说，也是在 20 世纪 50 年代建的。建造过程中迁移了很多村庄。水域面积比岩石岭水库大得多，从这一头到那一头，坐小船，也要近四十分钟。湖水的水质很好，有很多我们没见到过的鱼。比如，太阳鱼、银鱼。

应了阿龙校长的美意，那天晚上我们在九龙湖的月亮岛上过了一夜。第二天早上起来，听人说月亮岛上没有早餐，要到岛对面的农家去吃。我们有些好奇。又得到消息，如果要去吃早餐，到码头上喊一声，对面的农家便会来接我们。

果真，我们在码头上喊一声，对面就有一条船向我们这边驶来了。我们一个个地走上船去，都那么兴奋。谁也不曾有过这样的体验，坐着船去吃早餐。这时候清晨的风吹在湖面上，风里带了一点淡淡的鱼腥味，远处太阳就快要升起来了。孩子们打趣着说将要升起的太阳大约还在最后一次整装，月亮岛的码头与对面的小岛并不远，大约一百来米，转眼间就到了。

下了船，爱玉在厨房的案板上发现了一米箩银鱼，我凑近一看，那些银鱼一律四五厘米长，小孩的拇指一样粗细，细小的黑眼睛，通身银白色，几乎是透明的。据说，银鱼是一种高蛋白低脂肪的食品，可以整体食用。想想也是，这么小的鱼，如果还要去肠去鳍的话，可能只能在显微镜下操作了。我们一律要求开面馆的爱玉做银鱼面，爱玉还没答应就捋起袖子了。

我们走出厨房，只留下爱玉一个人在忙活。这个岛真小，大约只有一二百平方米。盖了两间平房，另外的空地种了几棵橘子树。树下放了几张桌子和一些椅子。坐在那里，转过身向前探，就能看到几米深的湖底。水真清，有太阳鱼在水里成群地游。这是一种异常机灵的鱼，身子扁平漆黑，头小尾小，看上去像鲳鱼。我拿了大网兜去兜，眼看着它们成群地游来了，到了网门前，忽地一转身，往另一方向游走了。几次下来，只能眼巴巴地看着它们。没见到银鱼，不过我想，银鱼那小小的样子，又几乎透明，我是无论如何也发现不了的。

我知道太湖的银鱼曾经很有名，著名的美食家陶方宣曾经写过太湖的三白，即活炝白虾、清蒸白鱼和银鱼炒蛋。他赞太湖的银鱼，像是用白玉雕成的。如果摆成旋涡状，就像一朵朵怒放的菊花，常常令人看花了眼。

爱玉是端着大脸盆出来的。我们高声叫起来，这么多啊！没想到，后面老板娘又端出来一盆。银鱼面就在我们面前，热气腾腾地诱惑着。只是香。银鱼一过油，变小了，看上去像一截小面条，但却比面莹润。有紫黑的雪菜，明黄的鸡蛋，还有红椒，看上去比周围的景色还诱人。每人盛了一小碗，刚尝一口，就有人叫，我要吃三碗。

三碗，每个人都吃到了。有一个朋友，在回来的船上说，我吃了五碗。我们都笑起来，清晨的风吹散了我们的笑。

银鱼面，真好。

吃　面

　　有的人就有这样的本事，几乎能让你相信虾干会跳、白鳖会游。比如说小说家丁国祥吧，有一回他说起豆腐面，他还没说完我们就觉得这碗豆腐面就是全天下最好的山珍海味了。后来，我们跑了新昌大半个县城，也找不到他所说的那家老丁面馆。望着雨中昏黄的街灯，最后我掏出手机给丁国祥打电话，想问问老丁面馆究竟在哪里。问了半天，电话那端的他不怀好意地笑了。

　　呵呵，你们真找啊，压根儿没这家店。

　　后来，我们吃完晚饭坐下来检讨，为什么会直接去找那家所谓老丁面馆，而从没有怀疑它是不是存在过。到最后得出的结论是感情两个字，是因为丁国祥太喜欢吃豆腐面了。而老丁面馆，则是他臆想出来的面馆。

不过说到底，面真的是好东西。二十二三岁时，我是吃面过日子的。一来，喜欢；二来，方便；三来，便宜。东城大厦旁边本来有家阿德面馆，店面不大而且在弄堂里，可吃的人却多。我最喜欢的是那里的炸酱面。说起来似乎是最简单的。把面往沸水里一汆，捞起放碗里，把蒜、酱、肉末、西红柿丁等一炒，当作浇头往面上一放，就成了一碗炸酱面。吃的时候，把面拌匀就行了。味道很好，有时候吃了一碗还想再吃，只是觉得有些不好意思。毕竟我是一个女孩子。不过，最多的时候，一次吃过三碗。

就因为这样，有一次去杭州市区，在延安路附近的一个小弄堂里，看到了一家小吃店。招牌上竟然写着炸酱面。于是，饿着肚子的我点了一碗。面上来了，一看就没了胃口，面像富阳的沃豆腐，黏糊糊的，没有惯常的炸酱面鲜亮的颜色，更没有香味。从那以后，我就很少再在别的面馆吃炸酱面了，想吃的时候，自己做，或者，春秋南路的麦田村的炸酱面还可以凑合，不过，还是找不到阿德的炸酱面的感觉。

在琵琶墩有一家土耳其面馆，那里面的汤面不错。不过去那里，最初是因为土耳其这个名字。我有时边吃面边想，这家主人也许是有亲戚在土耳其，或者，本来就是土耳其人。每一次去都认真观察，从老板的发型到鞋子，还有眼神，大的收获没有，小的收获还是有的。在这家面馆里认识了两个和我一样爱吃面的姐妹，且都是琵琶墩的租客。像我们这样现在三十出头的从农村进城来的人，有几个不是琵琶墩或那一带曾经的租客呢？

棒棒面馆早就不开了，原来在新兴路的口子上。那时候，我总觉得这家面馆大，和一个朋友去吃过几次。后来这位朋友失踪了，一直都没联系。那家面馆，总给我一种清幽的感觉，也许与那位失踪的朋友有关。这家面馆转让以后，似乎变成了一家油漆店。有时候走过那里，闻到刺鼻的油漆味，按理说这种刺激带给人的感觉应该是热辣的、强烈的，可我还是有那种清幽的感觉。现在，连油漆店也不在了。

曾经写过一篇浓情小说《面对面》。里面写的是两个恋人的故事。他们常去一家叫面对面的面馆吃面。其实，那时候我就很想开一家面馆，因为自己对面的喜爱，甚至连面馆的布局结构都想好了，就像阿成面馆那样要有一个阁楼。那个阁楼是我看到过的最有意思的阁楼了。坐在栏杆的一边，可以看到一楼进进出出的人，像看戏一样。而贴在横梁上的那句话也很有意思，"人往阁楼上，低头也无妨"，充满了理解与体贴，还有一点点温情。

兰州拉面我也喜欢。以前常去第二农贸市场边的菜市街口的那一家吃，现在那里拆迁了，也不知面馆搬到哪里去了。喜欢拉面，主要是因为拉面的动作，一下两下，拉面人的手，就像变魔术人的手一样，跌打甩抛，眨眼间，面就下锅了。以前我有个师傅是兰州人，看她吃拉面，是一种享受。一碗拉面，两分钟，吸溜吸溜，就没了，似乎那些面，自己会游进嘴里去似的。

再远一些，萧山楼塔车站附近有一家没有招牌的小吃店，那里的狗肉面特别好吃。富阳人说起狗肉，总说常绿的最好。楼塔就在常绿的附近。大约两地的狗喝的都是同一条溪里的水，呼吸的空气成分也没有相差太远，所以，狗肉的味道也相似吧！听说那家小店的狗肉面的老汤是陈年汤，去年秋末的时候特地赶去吃过一回，倒没尝出特别的味道来，只不过第二天就生起了嘴角疮。

　　有一句话叫"我为歌狂"，其实有一阵子，我得说我为面狂。就比如说丁国祥吧，他说加点肉丝，放点豆芽，挑一朵猪油的豆腐面，是他最无法舍下的东西。听听，一朵猪油！这是幅多好的画！光"朵"这个量词，就给了人多好的享受。

　　怪不得那天，我站在雨中问，真的没老丁面馆这家店？他笑疯了，说，知道不，我现在在天安门前，毛主席像下对你说话，绝对是真话。你听，广场上的风多大。接着，我听到了天安门广场上的风声，呼呼地，我能想象那风的力量。在那样的寒风里谁还有力气说假话？一不小心，话都冻住了。我终于笑了，也许，这些年，他在北京住久了，想面想疯了才诳我们的。

喜爷爷

我从来没见过我的爷爷，甚至没见过一张他的画像。他走了已有四十几年了。据说他是一个精明能干的人，有很多果园，是侍弄果树的一把好手。这些，我都是从祖母和其他人口中断断续续地了解的，然而，在我面前常说这些事的，还是喜爷爷。他是我爷爷的朋友，现在已有八十多岁了。算算年纪，我爷爷比喜爷爷要大二十来岁，应该算是忘年交了。

我不知道喜爷爷姓什么，叫什么，从小，我就叫他喜爷爷。每次我想起他，就想起他抡起斧头劈柴的样子。清晨的阳光刚刚穿过楝树来到廊下，喜爷爷就来了。老远就看到他肩膀上挂着一条大手巾，手巾的两端各包一个小包，一个在前，一个在后。走进家门，叫我祖母，嫂子。声音洪亮而清脆。边叫边解开手巾包，从一个包里取出一个装有茶水的杯子，从另一个包里取出一包白糖，或四五个麻饼往桌子上一放。说，也没东西可带。祖母客气着，招呼着喜爷爷坐下。

可喜爷爷不坐，似乎从来不坐。他过一会儿就到后门了，从后门背后的腌菜缸边找到斧子和磨刀石。他坐在后门的门槛上，左手的拇指轻轻地在斧口试了两下，短短地叹一口气。从口袋里摸出一包青蓝色的雄狮，点一支烟。我呆呆地看着他，他往磨刀石上滴几滴水，左手抵住斧口，右手握头斧柄，略微有些驼背的身子来回移动，粗糙的声音就响起来了。烟灰落下去，正好落到手背上，他抬起手来，一抖，烟灰纷纷落下了。过一会儿，他停下来，在斧口上再滴几滴水，用拇指再试。斧口已变得那样亮了，银白色的，闪着光，有些清凉。

磨完斧子后，他开始劈柴。谁也不跟他说哪些柴可以劈。他站在后门口的廊下，看看这个，瞅瞅那个。不多久，他在腰上系上他的大手巾。他的动作麻利而干脆，把有用的木料堆放在廊下，它们大多粗壮，笔直。其他的细小弯曲的木头扔到门前的地上，它们横七竖八地躺在那里，身上沐浴着清晨的阳光，那么可爱。

我更多的时间是坐在堂前的门槛上观看，看到胡蜂在廊下的椽子下面不停地振动着翅膀，发出类似振动机一样的嗡嗡声。阳光穿过楝树叶，来到堂前里，我看到那么多细小的灰尘在欢快地上下飞舞着，纷纷扬扬的样子，热闹而又喜庆。喜爷爷的头发变成了金色，他弓着身子，抡起斧子向一截小腿粗的木头劈去，斧子落下去，一些木屑向四周飞去，木头露出新鲜的米色来，伴随着一阵松香的味道。远处微微抖动的楝树叶子闪闪发亮，别人家在做早饭了，冒出来的青蓝色的烟正在慢慢地上升。

这样的镜头总出现在我回忆的片段里。快近中午的时候，我终于站起来，和喜爷爷一起，把那些劈好的木头一起码好。我一根一根地递给他，他看看我，眼里都是笑。只是不夸我。那些木头整齐地待在廊下，每一根木头几乎都是同样的粗细，同样的长短，好像是从同一个模子里出来的。最后，喜爷爷找来一块塑料布，盖在木柴上，并用石头压好。

喜爷爷很少在我家吃饭。偶尔有，也是因为柴一下子劈不完。他似乎喜欢吃韭菜炒鸡蛋。他喜欢喝酒，但喝得很少。我喜欢看他喝酒时候的模样。他有喝酒的盅子，倒很少的酒。第一杯，仰起头来一饮而尽，喝完了抿一下嘴；第二杯，端起盅子，放到嘴边，似乎是在吸，发出很大的"句"的一声，然后闭上眼，微微地晃动着头。这样几次以后，他喝酒的速度慢了，开始讲我的爷爷。他说，那天，下过一场雨，满山的桃子啊，白里透红的一片，我都看呆了。

喜爷爷对我说起我爷爷的时候，总是从这句话开始的。我知道他是在我爷爷的桃园里认识我爷爷的。那时候，喜爷爷是逃荒到我爷爷的果园里的。喜爷爷说着说着，本来很慢的语调更慢了，他几乎不再举杯，有时候伸出的筷子也停在空中，过了很久，缓过神来，缩回手，叹口气，仿佛对自己说，走得太早了。

有时候多喝了一点，喜爷爷会唱戏。他是个戏迷，无论那一片哪个村子做戏，他都是一定要去看的。他也常给我讲故事，类似于以前的说书。讲得最多的是《三国演义》。我并不爱听，总是听着听着，就兜远了话题。对我来说，更向往的是满园的果树和整座山的茶园，我喜欢离我比较近的事物。

然而，我最近一次去看喜爷爷，却看到他靠在躺椅上，看一本书。看到我，他坐起身来，我捡起从他身上滑落的书，一看，是半本《三国演义》，已经破烂不堪了。他还不能下地走，因为去年看戏回家的路上，他被一辆飞奔的货车带倒在路边，等有人发现时，货车早已不见了。他的左脚踝关节被撞了一个很大的洞，已经做了好几次手术。我弯下腰去看他的脚，脚很肿，肤色也暗沉，我有些担心，不料，他说，没事，你看，我都能走了。

于是，喜爷爷拖过靠在墙上的两根拐杖，支撑着站起来，直着脚走了两步，说，这样，已经很不错了。我抬起头来看他，又看到他眼里的笑。

淘　米

淘米。祖母对我说。

我听了，有些喜不自胜。我喜欢这个工作，正如我喜欢放羊，喜欢傍晚时分把小鸡捉进鸡笼里，喜欢做饭时在灶下烧火一样。那时我们正在"开会"，年三十夜晚，祖母把我和我哥叫在一起，开始分配一年的工作。门外的鞭炮声此起彼伏，我们在祖母身边听她的差遣。我哥最终领到的是挑水、拔松丝、砍柴这些活。我对我领到的工作很满意。于是，我把祖母刚刚分给我的红薯干分出一碗给我哥，表示对他的礼让的回赠。

淘米这个工作其实是小得不能再小的事，但是在那年月，也算是一个工作。其实说简单了，就是把米从米桶里兜出来，那叫量米，然后到小溪里把米淘洗干净放到灶台上。但是，对于我来说，特别是五六岁的我来说，这也是一件不小的事儿。

那时候我家的米放在楼上，用一个很大的桶装着。桶是腰子形的，有七八十厘米高，一米左右长。米桶的盖子一半是可以打开的。有一次我拿着米箩来到米桶边，打开盖子，发现米已见底了。我怎么也够不着那些米，于是踮起脚来把自己架在桶的边缘弯下腰去，许是太用力了，我整个人扑进了米桶里，只剩两只脚戳在半空中。我费了很大的劲才蹲在米桶里扒拉起一顿晚餐的米，又从米桶里爬出来。谁也想不到量米也会有这样惊险的经历。不过，这事只有我自己知道。五六岁时候发生的事情，现在想来，还能像小视频一样播放出来，真是件奇怪的事。

量米有专用的工具。盛米的叫米箩，量米的叫升箩。升箩是一个竹筒子，留一个竹节做底，大约有大人的一拃高。我家那个时候有五个人，外加一头猪、一条狗、一只猫、几只鸡、一群鸭和几只羊。鸭和羊是不吃饭的，猪的饲料里象征性地放一些饭粒，大约是起到引诱它的食欲的作用。猫和狗得吃饭。每个人半升米，这样加起来是两升半，猪、狗、猫、鸡也得两升半。于是，我量米的时候就数数，一升，两升，三升，四升，五升。米落在米箩里，发出沙沙的声音。我很喜欢听这样的声音，特别是春天的傍晚，雨落在瓦片上、米落在米箩里的声音，都是沙沙沙的。有时候我就站在窗边，看着雨落在瓦片上，一粒一粒地弹跳着。也会看到雨珠挂在窗口横着的电线上，一个一个晶莹的小水珠，慢慢地饱满起来，膨大起来。最终，啪的一声，落到了瓦片上，溅起无数的小水珠。我常常手里端着米箩，看着窗外的这些景色，看着看着，天色暗下来了。有鸭子在外面嘎嘎地叫着，从小溪里上岸了。我回过神来，忙不迭地下楼去。

下楼也是有危险的。那时候的楼梯怎么会那么陡呢？木头做的，又窄，又黑漆漆的。我咚咚地走着。就有那么一次，裤脚钩住了放在楼梯上的煤油灯，我滚了下来，煤油灯跟着滚了下来，米箩也跟着滚了下来，那些米，也跟着撒了下来。从地上爬起来回头一看，煤油灯躺在楼梯上，里面的煤油正汩汩地流出来，正流到那些白花花的米上。我一看傻眼了，那些上好的米啊。我祖母从灶间奔了过来，看到我的样子，也不说话，一把把我搂进她的怀里，撩起围裙，就擦我的脸。然后问我，没吓着吧？我看着那些被煤油漫过的米，哇的一声，大哭起来。那些上好的米啊，白花花的米。祖母一边拍着我的肩，一边安慰我，没事没事，还能吃。我一下子就止住了哭声，抬头问，真的还能吃？祖母说，应该能。于是，我和她忙碌起来，把米一捧一捧地捧起来，放到米箩里。我去小溪里淘米，把米箩浸到溪水里，看到水面上漂起一层油，一圈一圈地散开去，像一个个浅紫色的光晕。

晚饭还没揭开锅，灶前就弥漫着一股煤油味。我哥问，怎么有股味？祖母说，风打翻了煤油灯。我爸扒了一口饭，说，家里怎么有股味？我哥说，风打翻了煤油灯。妈妈吃完饭，一边擦桌子，一边说，家里怎么有煤油的味道？祖母说，风打翻了煤油灯。我看着祖母，她一边说，一边收拾碗筷，脸上波澜不惊，似乎有点隐隐约约的笑容。我跑到祖母身边，说，阿婆，饭有煤油味，我吃不下。祖母说，我给你蒸了一个馒头，在碗橱里。我屁颠屁颠地拿着馒头躲到灶下吃了。

　　量米时有意外，淘米时也有意外。那次我端着米箩去小溪里淘米。正是初夏，几场雨以后，溪里的水出奇地干净。我撩起裤腿，站到水里。水凉凉的。我晃动着米箩，水面上漂起了乳白色的淘米水，慢慢地旋开去。忽地，脚上被什么东西啄了一下，柔和的，是一种轻轻的触碰。接着，这里一下，那里一下。我透过水面，一大群石斑鱼正围绕在我的脚边。它们正争抢着那些碎米粒。我晃动一下米箩，碎米粒就悠悠扬扬地落下一些。鱼群就挨挨挤挤在我的脚边，不时地啄我几下。我不停地晃动米箩，它们不停地争抢，也不停地啄我的脚。我咯咯咯地笑着，笑着笑着，脚下一滑，我仰面倒在水潭里，眼看着那些米晃晃悠悠地沉下去，沉下去。那些鱼仿佛得了密报一样，从四处游来。我看到慢慢浮起的米箩，忍不住大哭起来。

煨

　　有个朋友对我说，厨房就是一个家的温度。我听了这句话，对他肃然起敬。他是一个少言寡语的人，但当我们说到煲汤的枸杞什么时候放最合适的时候，他的话就源源不断了。他的音量高了，语言也流利了，就连眼睛，也清亮了许多。冬天的时候，我常裹挟着一身寒气回家，还没脱下鞋，就对在灶上忙碌的母亲说，家里好暖和。母亲总是轻描淡写地说，厨房里开着火呢。那时，我以为家里的温暖是因为"开着火"，被我朋友这么一说，我突然明白，这样的温暖应该是"开着伙"而来的。怪不得，我的朋友有那样的见地。

　　他的词汇中，出现频率最高的是炒、焖、炸、煎、汆、蒸、炖、煨……我认真地总结了一下，结果发现，他几乎把烹饪二十六法概括全了。他说，煨，你煨过吗?

　　我煨过啊！我煨的最好的是年糕。清明前后，炒茶叶的那几天，我乐此不疲地干一件事——煨年糕。正月后，我祖母掀开浸年糕的水缸，用钳子把年糕翻转一遍，对我母亲说，这些年糕你不能再动了。母亲很惊讶，问她，为什么? 祖母一脸严肃地说，这些年糕是留着炒茶叶时煨着吃的。母亲听了，就再也不去打这些年糕的主意了。

　　煨年糕很简单，抹去浮在年糕表面的浆，把年糕洗净擦干。先把它架在灶膛里，像一个斜倚着墙壁休息的人。火仓里，火苗舔着锅底，发出呼呼的声音。正是茶叶杀青的时候，再旺的火也不怕。我看到年糕愣愣地站着，不一会，它腰部鼓起一个包，就在眼前，慢慢地，慢慢地，鼓起来，像只露出半个脑袋的气球。鼓到有葡萄那么大，猛地，"扑"的一声，这个包破了，它表面的皮耷拉下来，真像一个泄了气的球。正在失意间，它头部又鼓起一个包来。这一次来得急一些，仿佛一个愣头青，不管三七二十一，鼓足了劲，把自己给吹大了。到了像乒乓球那么大时，似乎不知道该如何收场，又没想好退路，只能"啪"的一下，涨破了。我时常看着这些不知会从哪里冒出来的包出神，直到炒茶人大声叫，添火，添火，我才回过神来。

　　等年糕冒过一阵包后，我把它移到炉火里煨着。先让年糕躺在温热的炉灰里，再在炉灰上覆盖一层猩红的炭火，然后再盖上一层炉灰。这时的年糕安静极了，偶尔有炭火窸窣一下，仿佛冰化了，被分解了似的。灶上的茶叶起锅了，炒茶人继续叫，添火，添火! 我忙不迭地往炉膛里塞进几块上好的松木段，一块一块码好，确保每一块都架空。我祖母说，烧火是个技术活。我觉得她说得很有道理。火大火小直接决定了温度，温度决定一锅茶叶的质量。但是，我才不管茶叶的质量怎么样，我在乎的是年糕。

年糕已在灰槽里冒出焦香了！我用火钳把它夹出来，摔在地上，它一副委屈的样子，原本鼓胀的身躯，慢慢地收缩，怯懦地躺在地上。我捡起它，往它身上猛吹，它渐渐地清爽了，露出略带焦黄的皮色。这时候吃一口，外面是焦脆的，里面是软的，糯的，烫的。

我也煨番薯、黄豆、玉米。番薯很难煨，这是一项大工程。番薯个头大，要煨熟不容易。有时候有一堆好火，扔几个番薯进去，时间到了，扒拉出来一看，外面焦了，里面还没熟。我母亲就有过一次这样的经历。现在说起来，她还惋惜着那几个做种的番薯。那是冬天，有一次父亲进城后回到家，开口就说，城里的烤番薯真香，可惜要八块钱一斤。母亲问，想吃？父亲说，想！母亲说，那我们煨番薯。父亲说，这时节哪来的番薯？母亲狡黠地一笑，说，跟我走。父亲硬生生地被母亲带到猫耳山上，母亲指着藏番薯种的山洞说，进去拿。父亲一看，急了，说，这是做种的番薯，怎么能现在吃？母亲说，什么时候吃不是吃？父亲大约也挡不住城里烤红薯香味的诱惑，再加上母亲的怂恿，竟真的跳进洞里拿出了五六个番薯。可惜的是，那几个无比珍贵的番薯，竟是半生不熟的。

相比之下，煨黄豆、玉米要有趣得多。煨这些，可以悄悄地完成。比如，黄昏，临睡前，最好的是上学的路上。我们那时常带着火熜去上学,火熜就是手里提着的小火炉。我要出门了,祖母总是塞给我一个火熜,对我说,里面塞满了碳,保准你不冷。我接过了火熜,只惦记着左边衣袋里的黄豆和玉米。刚拐过土地庙的弯,我就掏出黄豆和玉米,把它们放进灰里。黄豆五粒,玉米五粒,熜这些小东西必须得数清数量。然后继续走,走在路上让冬天很冷的风吹着自己,把这样小小的火炉握在自己的手里,像钟摆似的摆动,那似乎是一种享受。进了教室门,放下书包,还没交上家庭作业,就先用折来的两根木棒临时充当筷子翻找它们。黄豆被找到的时候,破壳了,马上就可以抛进嘴里吃。找玉米是惊险刺激的。看着一粒黄灿灿的玉米出现在眼前,这时不能动,不一会儿,"啪"的一下,眼前闪过一道小白光,它居然开花了!一朵雪白的小花——绵软轻盈的花。把它吹一吹,放到嘴里,暖的,有玉米的香味。最怕的事是,黄豆、玉米该熟了,怎么翻找都找不到,可偏偏这时,上课的铃声响了。我只得悻悻地放下火熜,提心吊胆地上课。不过几分钟,脚下就冒出了焦香,起初只有我能闻到,不一会儿,同桌朝我使来了眼色。再接下去,同学们都在私语了。老师在讲台上眉飞色舞地讲课,我脚下的火熜里已冒出来小缕轻烟——老师居然没看到,没闻到。现在想想,那倒也未必!

　　我们也在野外熜,那需要点燃很多柴火,需要很多人力物力,一不小心,就可能闯了大祸,把一片山点燃了都有可能。野外熜的动静很大,我们一般选择在溪滩上,那里周围都是石头,起风了也不怕。首先分配好工作,英和强负责捡柴火,军和葵负责偷红薯、玉米、花生,霞负责火柴,引火纸……一切准备停当，点火！火是点起来了，像想象中的那样，但青色的烟也不合时宜地升腾，然后飘散开去……不一会，几个大人就从四面八方围堵过来，我们只得四下逃窜。一边逃一边想，没有不生烟的火吗？

可是，人间，不就是烟火一场吗？

焐

　　我突然发现，"焐"这个字不在烹饪二十六法中，那么，是谁把它排除在外的呢？它明明带着一个"火"字，明明是我母亲手里一个拿手菜的做法。我有些为它鸣不平，但静下心来想想，连袁才子都没用过这个字，别人不重视它，似乎也是情有可原的。

　　我喜欢母亲给我做的焐猪肉。那几年去金华上学，离开家的前一天，母亲就张罗着给我准备吃穿用度。最重要的，就是给我焐一大罐用陶瓷罐装着的猪肉。第二天，在去金华的长途汽车上，我一个人坐着，紧紧地抱着它。有时候车子颠簸一下，盖子和罐身撞击几下，发出瓷器清脆的碰响，一车的人都看向我。接着，马上有人闻到了味道，嘀咕着追寻这味道的来源，我马上面红耳赤起来。可是，旅途实在太长了，这辆大巴车，从富阳出发，经过大黄岭、楼塔、诸暨的应店街，再到义乌，就该吃午饭了。等一车的人都走了，我用两根手指夹出一块焐猪肉，匆匆塞进嘴里，那滋味好得没办法形容。

一般人焐肉，把霉干菜洗净了，把五花肉切好，把它们拌匀了隔水蒸就好。我母亲的做法却不同。她先把五花肉汆四五分熟，捞出晾凉晾干后，抹上酱油，放到油锅里炸，等到肉的表皮微微发黄发硬，将要起泡的时候，再把肉切成两块麻将牌大小。她把洗净的霉干菜倒入放了一点点菜油的锅里翻炒，放一点白糖，一点点酱油，等霉干菜吸收了菜油和酱油后，再加入切好的五花肉翻炒。不多时，把炒好的霉干菜和肉装在一个搪瓷锅里，加上盖子，把它放到蒸架上，蒸架下放了水。灶膛里生起火，等水沸腾了，扬起袅袅的水汽后，撤走大半的火。让余下的火慢慢地烧着，看着，像燃着两只蜡烛似的光。就这样过一个钟头的光景，母亲说，肉焐好了。我这时才真正地理解"焐"这个字的含义：它不是蒸，蒸是在腾腾的热气里完成的；不是焖，焖是坐在火上的；不是煮，煮是在水里的；它是借着水汽的热量，让两种食材相互吸收，相互传递，很有抱团取暖的味道。

她掀开锅盖，用筷子插一块肉，仿佛"扑"的一声，筷子陷进肉里，一股油光冒了出来，肉已快化了。但肉皮是糯的，软的，带着弹性，仿佛有点黏，似乎可以牵出丝。这个菜，最好吃的还是霉干菜，等肉吃完了，只剩下乌黑的霉干菜，这时，它们吸足了油——菜油、肉油，像一朵朵绽放的黑色小花。"乌金干菜白米饭"，乡下人说的这句话，大概说的就是此时的霉干菜。想象一下，乌黑的霉干菜冒着油光，带着一点点酸味，白米饭闪着晶莹的光泽，这确实是能让人胃口大开的。

我的这一罐霉干菜焐肉，到学校的当天是肯定会被抢完的。虽然，我母亲说，这肉不会坏，可以放个把月，你想吃时夹一块焐在饭里就行，可是，我从来没有跟她说过，哪里还有机会和时间坏呢？我们这十八九岁的小年轻，还能有隔夜的吃食吗？

说起焐肉，有一个义乌的朋友说他们那里还有更进一步的吃法——把馒头沿边线掰开，塞进焐肉，那样吃起来更香，这叫馒头焐肉。不过，这样的吃法平时没有，得家里有喜事办宴席才有。我听了不停地点头，在我们那里，是在新屋落成，办上梁酒时才能吃到——俗称"上梁馒头夹肉"。我的朋友非得说叫馒头焐肉，我觉得有点牵强。但他对这称呼不肯松口，我也只能认同他对家乡美食的正义捍卫。

除了霉干菜焐肉，饭焐肉也是一种特色。乡下人家在土灶里烧饭，米下锅了，水漾上了，把五花肉洗净，切成半斤左右的一块，码到米中。米得多一些，最好把肉掩盖了。像平时做饭一样生火，等灶上的水汽乱了，退了火，焖十几分钟。盛饭时，把肉插出一看，肉身上沾满了饭粒，肉的香味却是异常的，混着米香。把肉切成薄片，蘸点精盐送到嘴里，马上就化了。锅里的饭油润润的，盛起来一闻，一股猪油香——厚实浓郁。如果火候控制得好，紧贴着锅的边沿就会结一层锅巴。这样的锅巴松、脆、香，简直就是这锅饭焐肉的灵魂。

据说云南腾冲有一个小镇，那里的肉是用猪血焐的，我没吃过。这是我有一次在饭桌上闲谈时得知的。朋友向我介绍这个菜时，眼睛慢慢地眯起来，嘴里不时地发出啧啧的声音，紧接着，眉头也皱了起来，最后，竟晃起头来了。我想，不得了了，再这样听他说下去，非得去一趟腾冲不可！

其实，对于故乡的食物，谁都在记忆里酝酿着，甚至在记忆里生根，发芽，开花。宛如杭州老一辈人的鲞焐肉，那样筋道，那样下饭，记忆里的那种馋，不是用文字可以表述的。

蒸

蒸，就是把食物放在有水分有温度的地方。朋友是一个厨房爱好者，但是，他会用语言做菜。很多时候，他讲做菜的流程和要点，我总想起许三观给孩子们做的那桌菜。关于蒸，他向我传授蒸鱼的技法，我却告诉他，我喜欢蒸蔬菜，比如蒸茄子、蒸芋艿等。他说，你端上一条鲈鱼，我能告诉你这条鱼是多久之前杀的。我听了，毫不掩饰地说，不可能。他说，我们有机会验证一下。我很干脆地说，好！可经常见面，经常说起这件事，一直也没有验证过。但是，他对蒸鱼的研究，我还是叹为观止的。

有一次我去菜场，电话里问他，鲈鱼买多大的比较好。他说不超过一斤的。我问，你能目测？他说，误差不超过半两。我打开视频让他挑鱼，鱼老板一称，相差半两。他解释说，视频有误差。我想，这也可以理解。

我到家后，他要检查我洗干净的鱼，我拍照给他看。看完后，他告诉我有两个问题。我看着我洗得干干净净的鲈鱼，对他说，你这是鸡蛋里挑骨头。他一本正经地说，你得把鱼鳍和鱼尾剪了，还有，鱼肚里的膜没有剪开，这些地方都是腥味的来源。我觉得他说得也有道理，立马执行他的意见。我还没处理完，他继续问我，你打算怎么改刀？吸取了洗鱼的经验，我问他，你有什么好的建议？他说鲈鱼的背部的肉特别厚，你最好在背部竖向改刀，正反都需要，然后，肚脐眼处再向下拉一刀。这样装盘的时候，能让鲈鱼趴着，既能受热均匀，又非常美观。

我刚打算腌鱼，他电话又打来了。我看着两只腥味的手，只好用下巴开了免提。你没用盐腌鱼吧？他劈头就问。我说，刚想腌。他说，就知道你会犯这种常识性错误。我说，哪有腌鱼不用盐的？他说，听我的，把葱切丝，姜切片泡半碗水，用这些葱姜水按摩鱼的全身，然后倒半罐啤酒，腌制十分钟。记住，用啤酒，不用料酒。

我挂了电话，想起他操心的样子，忍不住笑了起来。还没笑完，他又打来电话，说，热水上锅，记住！我悻悻地说，蒸箱里的水是冷的。他说，你先把水烧开了再放鱼。我又笑了。他接着说，知道蒸鱼几分钟吗？我说蒸箱有固定设置，十五分钟。他说，不对，一斤重的鲈鱼热水上锅蒸九分钟。我不知道为什么不是八分钟，也不是十分钟，而偏偏是九分钟。不过，在这样专业的人士面前，我不能怀疑什么。

等鱼蒸好了，我浇上豉油后再淋热油，一家人正要开吃，

下辑　落在天井里的雨

　　他打电话来，有些失落地说，我忘记跟你说了，浇豉油时别浇到鱼身上。我母亲在一旁听了，吃吃地笑了起来，他在电话里辩解，蒸鲈鱼的最高境界是奶白，鲜嫩。

　　第二天他问我，昨天蒸的鱼的口味怎么样。我说，比我蒸的茄子略微逊色。他惊叫起来，说，茄子能有这么好吃？你教我蒸茄子。

　　蒸茄子要选大拇指粗细的，得选闪着紫色柔光的那种，看上去像夏日晴朗的夜晚的天空。把茄子去蒂去尖，洗净上锅蒸熟，趁茄子不注意，用手把它们撕成长长的一缕一缕，动作要快，挑一朵上好的猪油拌入，再加一点生抽、老抽，最后，撒葱花，淋上热油。他伸长了脖子，示意我继续讲下去。我摇摇头，说，可以动筷了。他张大了嘴，说，这么简单。我说，不信，你回去试试。烹饪的最高境界是简洁，流程简洁，调料简洁。他笑了，说，蒸，本来说是最简洁的烹饪方式。

　　蒸菜确实很简单，似乎能把火点起来就行。但要蒸出食材的原味，而且还要保持诱人的色泽，并不是一件容易的事。有一年我去爬山，到半山腰时看到一个老婆婆在地里割青菜，那青菜乌冻冻的，看上去厚实绵软。我当时就赖着不走了，厚着脸皮说要在老婆婆家吃饭。老婆婆很为难，她说没有什么可以招待我。我说我只看中了青菜。菜上桌了，青菜居然是蒸的，这让我惊叹不已，并且端上桌来的青菜，还是碧绿的。我犹疑地夹起一筷，青菜入口，松，脆，爽口，比一般清炒的好吃。说起这菜，我耳边还有那声音的脆响。可惜，我再没吃到那么好吃的青菜。真所谓高手在民间——一般人家，谁敢蒸青菜呢？

一不小心，青菜就老了，碧绿的颜色变成了鸭屎绿，让人倒了胃口。

萧山、绍兴这一带的人，大多喜欢蒸菜。追溯一下历史，我倒觉得他们并不是为了营养。我祖母是萧山人，很小的时候就到爷爷家做童养媳了。有一次她说，我那时候还在自己家里，有一回大人们都去种田了。我做饭，蒸了很多菜，我记得有芋艿、萝卜干、霉菜梗。我妈妈回来说，舍不得我走。我祖母是九岁到我爷爷家的，算算时间，也有一百多年了。一个八九岁的孩子做饭，能把菜蒸熟，也不是件容易的事。当然，蒸，还有最大的好处是省柴火，省时间。

嵊州人喜欢把茭白放在镬子里，煮熟后蘸酱油吃。不过，我觉得茭白应该拿来蒸会更好一些。我家种过茭白，却从没试过这种吃法。嵊州的茭白很好，在周边很有名，甚至还有一个小镇，专门种茭白，大约叫蛟镇。如果真是种茭白的集中地，改为茭镇也很好。他们的茭白好，也许与水土有关，不过，也有可能是他们的饮食爱好催化了种茭白的技术。有一次我从嵊州带回一些，在隔水的锅里蒸熟了，剥了外壳，专门配了上好的湖羊酱油，吃起来有一种鲜甜的味道，清脆爽口，很纯粹。在场的人都是第一次看到这种吃法，都说很好吃，嚷着回家也要这样做。但是，之后大家都说，那味道变了。究竟是什么变了，是环境，是食材，是器具，还是吃的人的心情？不得而知。

总之，蒸，看着容易，做起来却很难，决定它的因素太多了。

耳边的歌声（代后记）

我小时候的第一愿望是做一个花匠。

那时候我对我的好朋友这么说，他们都很奇怪。我常常苦恼没有人理解我的想法。可是，现在想想，那时的我，真是太天真了。那是一个什么样的年代，我们闭上眼睛想一想。衣服，是姐姐们穿过的，太小了，她们实在不能穿了，给我们穿；裤子呢，可能是哥哥穿过的；鞋子，往往是自己的，每年一双。因为，哥哥姐姐的还在自己的脚上，还来不及换下来，就已经破了，不但破了，而且，破了很多处，再也补不了了。吃的呢，我倒是能吃饱，偶尔也能吃点荤的。可是，这也只是偶尔啊。

我每天看着我的父母忙碌，母亲是印刷厂工人，父亲是一位民办老师，或者说是代课老师。他们都很忙。我有时候到母亲的印刷厂去，看她坐在一张高高的椅子上，把很薄很薄的纸，放进方向机的平台上，等平台合上了，在铅字排成的版子上印出字迹来，她就用另一只手把印好的纸拿出来。她每天周而复始地重复着这个动作。有时候还会轻轻地哼一首歌，"亭亭白桦，悠悠碧空……"有一次她正在唱这首歌，窗外的一点点阳光正斜射到她的脸上，她手里的纸张在空中飞舞，我突然想，我的妈妈那么美……

我的父亲呢，真是一个好老师。虽然，现在的他，有些委屈。他当了二十三年民办老师，可是，早已过了退休年龄的他，到今天还没拿到退休金。我常常看到他的失落。可是，我的爸爸，他肯定不知道，今天，我能够站在几十人的讲台上，几百人的讲台上，只是因为一个镜头。那时候，我还没有上学，我跟着他去学校。快上课了，父亲拿起一个小锤子，走到廊檐下，敲了敲一块高高悬挂的铁片。铁片发出当当的声音，在空气里袅袅地回荡。我看到很多哥哥姐姐从各个角落里钻出来。我那时候呆呆地站着。等我回过神来，人都走了，整个学校的走廊那么安静。操场上晒着的谷子金黄灿烂，几只麻雀欢快地低头觅食。再抬头看看，那片铁片还在风里微微地晃动着。

我幼小的心里，充满了对老师的崇拜，他们魔法般地让我着迷。

那时候的父母离我那么远，远得我只能看看他们的背影。我很少有机会和他们说话。我只能跟着我的奶奶。那是一个多么可爱的老人啊！她说，我们的风是最乖的宝贝；她说，风，刺头正嫩呢，要吃，奶奶爬上去给你摘，我点头同意了，她爬上了一个很陡的坡，却滑下来了，抓着刺头的手上有血在流，可她呵呵地笑着，一颗门牙在阳光下灿烂。她说，风，那棵树上有鸟窝……我跟在奶奶身后，就像她的影子。

有一天，我居然把她认错了。看到远远走来的一个老人，模样像极了奶奶。我跑上去，大声叫，阿婆！走近了，却发现，那是英子的奶奶。我意识到我的眼睛有问题了。再后来，我上学了，看不清老师黑板上写的字，即使坐在前两排。我说，爸爸，我要配眼镜。爸爸说，好。就这样，我每一次提这个要求，爸爸总说好。每一次，我都相信他，凭他对我的宠爱。可是，这样一拖，拖了两年。

三年级的那一天，是一个阳光灿烂的早晨，爸爸说，今天带你去配眼镜。我有些不相信。我其实已经有些习惯看不清字和人的日子了。上课时，我已经知道老师在黑板上写下的字，必定是要念出声来的，我根本不用抬头看黑板。那些人呢，我也凭声音，就能知道是谁正在走向我，嗓音、脚步、呼吸……

我还是跟着爸爸进城了，戴上眼镜的刹那，我脱口而出，爸爸，我看到的你们也能看到？爸爸很显然没有听懂我的意思。我看到了树梢上停着的鸟正在转动小小的头；我也看到远处人家屋顶上有一个人正在晾衣服……这些，是我从来没有见过的。爸爸摸摸我的头，看着我——奶奶说，爸爸看小时候的我，仿佛在看一堆闪闪发光的金子。

爸爸说，带你去吃拉面。春天的阳光里，一个小女孩眼前有一个全新的世界。我当然是欣喜的。我看到拉面的师傅正把面团揪在手里，揉，按，拉，抻，不一会儿，像跳舞似的，那些面，竟像活了似的。

面终于上桌了，我凑到那碗冒着腾腾热气的面前，可我的眼前却什么都没有了。我不由得尖叫起来，爸爸，爸爸。怎么了？爸爸的声音就在我的跟前。我看不见了，我什么都看不见了。爸爸一把抓住我的手，说，怎么啦？这时，我镜片上的雾气慢慢散了，我依稀看到爸爸坐在我的面前。爸爸说，傻子，这是水蒸气。

回家后的第二个星期，老师布置了一篇作文，题目是"难忘的一件事"。我写了这一次吃面的经历。那么多年过去了，算算日子，二十多年了。我想起老师拿着我的作文本，在一棵开满玉兰的树下对我说，你长大以后适合写散文。我看到阳光把一朵正靡丽的玉兰开到我的作文本上……

我感谢我在八九岁时眼睛已经高度近视了，我感谢那个跟我说你适合写散文的老师，我也感谢我的爸爸当了二十三年代课老师，我还感谢我的奶奶把我当"公主"宠着，更感谢在歌声中劳作的妈妈。是他们，让我学会了珍惜，让我知道，眼睛不好，还有耳朵；没有零食，有野草，有野果；工作辛苦，可以用自己的声音伴奏。其实，生活，缺的，不是题材，不是资源，而是心……

愿我母亲的歌声，永远在每一个人的耳边响起。

耳边的歌声（代后记）